삼파장 형광등 아래서

삼파장 형광등 아래서

고등학생 A의 기록들

노정석(라디안) 지음

정미소

학생이기 이전에
사람인 우리가 되기를

    고등학교 2학년 겨울방학, 어느 날에 씁니다. 주 4회 영어 학원에 다닙니다. 오늘 아침에도 학원으로 출발해야 했는데, 문득 창틈으로 들어오는 빛을 좀 보고 싶다는 생각을 했습니다. 창문을 열었더니 햇빛이 쨍쨍하게 눈을 찌르는데, 그때 알았습니다, 햇볕이 따뜻하다는 사실을 느껴본 지 정말 오래되었다는 것을. 그리고 주위가 그렇게 조용하다는 것도요. 바람 부는 소리와 새 지저귀는 소리뿐인데, 이명이 들렸습니다. 찌잉 하는 기계음. 그게 상황을 더 이상하게 만들었어요. 귀에서 들리는 소리 때문이었는지는 모르지만, 오늘은 학원에 가지 않고 집에 있는 편이 더 좋겠다는 생각이 들었습니다. 시간을 갖는 게 조금이라도 더 도움이 될 것 같았어요. 제 삶에.

    방학에는 정말 신기할 정도로 마음을 놓고 지냈습니다. 곧 고3이 되고 성인이 된다는 사실이, 너무나 현실적이지 않았습니다.

다들 고3이라고 한탄하지만, 나름의 마음가짐을 지녔다는 걸 잘 알고 있습니다. 이미 어른 같은 친구들도 많습니다. 제가 너무 작게 느껴질 정도로요. 다들 어떻게든 열심히 살아보려고, 조금 더 좋은 사람이 되려고 노력하는데, 저만 같은 자리에 머물러 있는 것 같았습니다. 공부하는 내용도 이제는 붕 떠버렸습니다. 이제까지는 무언가 새로운 개념과 알지 못하던 원리를 배우던 과정에서 쉴 틈이 없었지만, 지금은 이걸로 무엇을 해야 하는지 잘 모르겠습니다. 수능을 친다고 하는데, 정말 잘 모르겠어요. 수능이 뭔지.

사실 고등학교 올라올 때부터 이랬던 것은 아닙니다. 중학교 때에는 그냥저냥 살던 애였는데요. 자사고에 오는 것도 정말 많이 떨었습니다. 혹시나 떨어지면 어쩌나. 집 근처에는 고등학교도 없었습니다. 1학년 때는 대회에 많이 나가야 2학년 때 입상을 많이 한다는 선배의 조언을 받고서 학급 게시판에 공지되는 대회는 앞뒤 안 가리고 모조리 신청했습니다. 이때 처음 물리적으로 처리할 수 있는 일의 양에 한계를 느꼈습니다. 중학교 시절에는 일주일에 보고서 서너 장 쓰는 게 가장 바쁜 일이었는데요.

저보다 1년 더 많이 산 선배들이 얼마나 대단해 보였는지 모릅니다. 제가 갓 입학한, 복잡 대단해 보이는 학교를 줄줄이 꿰고 있으니 말이에요. 지금이야 직접 고3이 된다니 선배들도 다 같은 사람들이었구나, 하는 생각이 들지만, 그때 제 눈에는 다 큰 어른들이었습니다. 어머니와 이야기한 내용이 아직도 또렷하거든요. 고등학교는 한 학년 차이가 보통의 3년 차이와 맞먹는 것 같다고 했었습니다. 얼마나 우러러봤는지 조금은 알겠죠.

2학년 올라오면서부터 시를 썼는데, 하나씩 쌓여서 이제 100번째 시를 눈앞에 두고 있습니다. '씀'이라는 글쓰기 앱을 만나면서 조금씩 쓰기 시작했는데, 그때 처음으로 글쓰기의 매력을 느꼈습니다. 거창하지 않아도, 대단한 표현력이 없어도, 사람들이 공감해줄 수 있는 글을 쓸 수 있다는 사실을 알았어요. 그저 고민이나 평소에 하던 생각을 써놓기만 해도 나중에는 다시 보는 저에게 큰 위로가 되었습니다. 사실 학생에게 힘든 일이란 그리 다양하지 않으니까요. 예전에도 같은 일로 힘들었구나, 하는 생각이 드는 것만으로 충분했습니다. 다른 사람이 아니라 내가 내 일에 공감하는 건 특별한 경험입니다. 일기도 같은 역할을 한다고 생각해요.

글쓰기를 계속하면서 카카오브런치에서도 작가로 활동하게 되었습니다. 작가로 인정되었다는 합격 메일을 보면서 한참 동안 만세를 부르던 기억이 납니다. 그런데 제 글을 봐주는 사람은 정말 적었어요. 하루에 20명이 보면 많이 보는 축에 들었습니다. 학생이 하는 이야기에 큰 흥미가 없을 수도 있겠지만, 대부분은

제 이야기가 없어서 그랬다는 사실을 늦게나마 깨달았습니다. 어떤 사명감에 사로잡혀서, 조금씩 아는 이론을 인용해가며 우리나라 교육을 비판하기에 급급한 글이 많았습니다. 많이 부끄러웠습니다. 문장 속에는 제가 없었어요. 조악하게 짜 맞춘 논리만 있었던 겁니다. 글을 읽을 때 어떤 사람의 솔직한 삶에서 감동받았던 기억을 잊고 있었습니다. 아마도 그렇기 때문에 솔직할 수 있는 능력이 갖고 싶었습니다. 나에게나, 다른 이에게나.

정말 좋은 친구들을 많이 만나고, 즐거움을 느낄 수 있는 일을 함께하고, 그렇게 1년이 훌쩍 지나갔습니다. 다들 입학할 때는 영원히 고3이 될 것 같지 않았다던 아이들이, 이제 입시생이라는 칭호를 달았습니다. 학교에서 배운 지식도 이제 쓸 일이 많이 남지 않았습니다. 시간이 지나면 지날수록 공부를 왜 해야 하나 하는 생각이 점점 많이 들었습니다. 어릴 때는 호기심으로 시작해서 스스로 알아가는 것이 많았는데, 어느새 학교에서 주는 대로 책을 읽고, 중요한 부분에 표시하고, 입시에 중요한 것에 우선순위를 두고 있습니다.

문학을 배우면서 많은 슬픔을 느꼈습니다. 우리에게는 문학을 만끽할 시간이 없었습니다. 우리에게 그 시가 주는 의미, 내 이야기 속에서 글이 해주는 역할 같은 것을 충분히 생각해볼 여유가 없더라고요. 저는 학교에서 배운 백석 시인의 시 〈여우난골족〉을 읽으며 감동을 느낄 때까지, 많은 시간이 필요했습니다. 늦은 밤 제 방에 앉아 백석 시집의 다음 페이지를 넘기다가 그때의 〈여우난골족〉을 다시 발견할 때까지요. 만약 시집을 읽을 때도 옆에서 시인의 의도를 설명해주는 누가 있었다면 아마도 저는 백석을 사랑하지 않았을 겁니다. 시집 한 귀퉁이에 '윤동주가 사랑한 시인'이라고 적혀 있던 것처럼. 좋은 글과 시를 품을 수 있는 여유와 기회가 학생에게는 필요합니다, 선생님.

고3을 위로하는 글들, 말들, 이 나라에 차고 넘치지만, 이야기를 들어줄 수 있는 사람은 많이 없는 듯합니다. 제 말을 들어줄 사람이 필요하다고 생각합니다. 학생들이 힘든 이유는 사실 공부 때문이 아니라, 공부를 통해 얻을 수 있는 미래가 불확실하기 때문이라고, 두렵기 때문이라고 생각해요. 가끔은 좁은 책상에 온종일 앉아 있는 자신이 불쌍해 보이기까지 합니다. 때로는 원망스러운 부모님들이 부모이기 이전에 사람이듯이, 학생은 학생이기 이전에 사람이니까요. 사람에게는 좋은 사람이 필요합니다. 좋은 조언을 해주는 사람보다는 잘 들어주는 사람이 곁에 있으면 좋겠습니다. 웃음처럼 슬픔도 쉽게 나눌 수 있다는 것을 저는 아주 힘들게 알았으니까요.

학생이기 이전에 사람인 우리가 되기를 진심으로 바랍니다. 남이 알아주지 않아도, 정말 좋은 사람이라고 스스로 자부할 수 있는 사람이요. 좋은 사람이 곁에 생길 겁니다. 그러면 좋은 대학, 좋은 직장, 좋은 집이 아니더라도 행복할 거예요. 사람들 사이에서 산다는 건 아마도 그런 거겠지요.

차례

프롤로그   학생이기 이전에 사람인 우리가 되기를   5

첫 번째 파장 : 에세이

사람을 사랑하는 교육   17

고등학생의 비행준비   26

시간표를 점령한 통합 과목   30

소심한 나와 너를 위하여   34

신기루를 읽다   39

가정의 달? 수행평가의 달   43

그냥, 그린다   49

학생들이 시를 쓰지 않는다   57

학생 J의 독서란   61

공책   65

나무   69

기억을 찾아주는 노래들   71

지갑   74

나만의 어른다움'학'   77

두 번째 파장 : 시

1장: 삼파장 형광등

조각가   86

인간   88

반쪽   90

까치   92

수면욕   93

구비문   94

갈필   97

그늘   99

번데기   100

지하철   102

처방   104

암시   105

심야 경마   106

퇴적암   107

2장: 사색의 조건

안정감   110

기린   111

의식의 흐름   112

사색의 조건   114

향수   116

사막   118

기다림   120

섣달그믐   121

폭죽   123

탈피   124

3장: 사랑에 관한 생각

가로등   128

고백   129

귀향   130

사람, 사랑   131

나침   132

사랑마중   133

문자   134

겨울나무   135

오늘 밤에는   136

오늘 아침에는   137

저 눈 될 수 있다면   138

홑사랑   139

여우비   140

관입암   141

코스모스   142

수취인 불명   143

기도   144

사랑에 관한 생각   145

『삼파장 형광등 아래서』 추천사 _김승일 시인   147

세 번째 파장 : 일기 (2019.01.01.~2019.06.28)   153

에필로그   삼파장 형광등 아래서   201

첫 번째 파장
:에세이

사람을 사랑하는 교육

《에밀》독후 에세이

1. 건강하지 않은 교육

"행복한 사람은, 이를테면 평온하다. 그는 자신의 행복을 가슴
으로 껴안고 산다. 절제된 기쁨으로 자신을 관리한다. 반면 떠들
썩한 즐거움이나 안달하는 욕망, 변덕스런 호기심의 뒤엔 항상
권태가 있다."

_《에밀》4부 중에서

행복한 사람은 행복을 드러내지 않는다. 그는 자신이 행복한
것처럼 포장하려고 노력하지 않을뿐더러, 오히려 행복을 드러내
기보다는 품고 있는 것에 만족한다. 행복한 사람을 만들어내려

면, 아니, 사람을 행복하게 하려면 안에서부터 충만한 행복이 가득 차게 만들어야 한다. 허영과 이기심, 명예욕과 권태는 행복하게 하는 것이 아니라 행복을 가장하려 할 때 작동하는 요소들이다. 행복으로 자신을 포장하는 사람의 심리는 마치 비눗방울과 같다. 크게 불면 불수록 주위의 기대와 관심은 뜨거워지지만, 그 안에는 아무것도 없는 것과 마찬가지여서, 가장 작은 충격에도 허공에 흩어져버리고 만다. 그렇기에 우리가 삶을 통해 궁극적으로 추구해야 할 것은 허영에서 비롯되는 만족감이 아니라, 온전히 느끼는 행복이다.

대한민국의 긴긴 입시제도를 거치면서 나는 스스로를 잃어버린 학생들, 곧 내 친구들을 발견했다. 이따금 나오는 표와 점수, 숫자들을 보고서는 누구는 절망하고 누구는 꿈을 포기한다. 만약 우리의 인생에서 어떤 숫자가 우리의 행복에 크나큰 영향을 끼친다면, 그것은 어젯밤 전투에서 죽은 전사자의 수, 오늘 일어난 자동차 추돌사고의 사망자, 테러 희생자 같은 것이 되어야 마땅하다. 그런데 학습과 발달 정도를 평가하기 위해 만들어진 시험 점수 같은 것이 우리의 행복을 좌우한다면, 이성적으로나 감정적으로나 뭔가 이상함을 느껴야 하지 않을까. 만약 이 점수 때문에 행복을 느끼거나 만족감을 얻는다면 그것은 자신의 노력과 친구들의 조력에 감사해야 할 일이지, 다른 학생과의 시기 어린 비교에서 얻어져야 할 것이 아니다. 그것이야말로 입시제도가 학생들에게 불어넣는 허영이다.

끊임없는 비교와 순위 매기기에 익숙해지다 못해 숨이 막히는 학생을 생각해보자. 만약 이 학생이 어쩌다 성적이 떨어져 얕잡아 보던 친구에게 '지거나', 미친 듯이 공부하다가 문득 자기 위에는 언제나 더 똑똑한 사람이 있다는 사실을 깨달을 때를 생각해보라. 자신에게 가짜 행복을 채워주던 이기심과 열등감은 더는 그를 지탱해줄 수 없다. 밑바닥부터 공허한, 단단하지 못한 학생을 키워내는 것은 비눗방울로 가득 찬 사회를 만들려는 것과 같다. 겉으로는 화려하고 번영한 듯 보이지만, 밤이 찾아오면 다들 스스로의 권태로 걸어 들어가는 사회. 대한민국의 미래가 될 수도 있다.

2. 배움의 조건

"학문을 사랑할 수 없는 아이에게 학문을 싫어하도록 하지 말아야 한다."

_《에밀》 2부 중에서

배우는 일에서 가장 중요한 것은 아이의 의지다. 그것이 없으면 교육은 성립할 수 없으며, 만약 그럼에도 가르침을 강행한다면, 세뇌의 철퇴를 드는 셈이다. 그 너머에는 교육도, 가르침도 없다. 아이와 교사는 서로에게 고통스러운 존재가 된다. 그렇기에 아이가 배움에 관심을 두지 않을 때는 기다려야 한다. 물론 언제까지고 기다릴 수는 없다. 언젠가는 말하고 쓰는 법, 예의와 격식, 사회와 법률을 알아야 할 때가 온다. 그러나 그 시기가 오기 전에 아이를 어른으로 만들려고 한다면, 아이는 이해할 수 없는 혼란과 압박감 속에서 그것들을 자신만의 방식으로 판단한다. 그런데 아이가 알고 있는 것이 도대체 무엇인가? 아직 성숙하지 않은 아이는 절제되지 않은 이기심과 호기심으로, 가장 조심해서 다루어야 할 것들을 자신의 설익은 영혼 속에서 마구 재단해 버린다. 그리고 그렇게 입혀진 인격은 양복점에서 옷 한 벌 맞추듯 쉽게 맞출 수 있는 것이 아니다.

산수와 과학, 역사를 배우기 전에 우리는 우리 자신을 알아야 한다. 자신을 이해하지 못하고는 다른 사람을 판단할 수 없다. 인간 사회 속에서 일생을 보내는 우리는, 그렇기에 더더욱 자신을 먼저 파악해야 한다. 인문학과 종교를 가르치기 전에, '나는 누구인가' 하는 질문을 끊임없이 던지게 해야 한다. 그리고 자신의 생각들이 결국 인문학과 다름없다는 점을 깨달을 때, 인문학은 더는 학문 그 자체가 아니라 도구로서 그의 이성과 결합할 것이다.

이것이 바람직한 교육 아닌가. '수학을 왜 배워야 하는가'라는 질문은 어린 학생들의 신세 한탄 따위로 받아들여지고 있다. 그러나 그 기저에 숨겨진 진심, 즉 공부의 목적에 대해서는 아무도 쉽게 답해줄 수 없다는 것을 학생이나 선생이나 잘 알고 있다. 더 좋은 일자리, 더 좋은 대학이 공부의 목적인가? 학생들은 공부의 목적에 대해 그렇게 스스로를 포장하면서도 만족할 만한 답을 도무지 찾지 못한다. 그것은 곧 학습 자체에 흥미를 느끼지 못한다는 말이다.

얼마 전 고등학교 물리 수업을 들을 때의 일이다. 원자와 전자의 궤도에 관해 설명하던 N 선생님은 전자의 궤도가 자연수의 제곱에 비례한다는 사실을 말하는 대목에서 경이에 찬 눈빛으로 우리에게 신기하지 않으냐고 물었다. 가장 작은 곳에서까지 간단한 자연수가 모든 것을 결정하는 원리를 붙잡고 있다는 사실이, 같은 내용을 반복해서 수업하는데도 불구하고 항상 당신을 전율하게 한다고 했다. 반짝이는 그 눈빛에서 나는 선생님의 학창시절, 처음으로 그 신비함을 깨닫던 어린 선생님의 모습을 보았다. 그렇다. 선생님은 진정으로 우리 학생들이 학문의 즐거움을 깨닫게 하고 싶은 것이었다….
그런데, 어쩐지 학생들은 별로 관심이 없었다! 기대에 가득 찬 눈빛으로 우리를 바라보던 선생님의 표정이 실망으로 일그러져

간다는 사실을 알아챈 사람은 없었다. 선생님은 어떤 반에서도 동의의 표현을 얻을 수 없었을 것이다. 어렵게 얻어낸 선생이라는 자리에서 아무런 보람도, 학문을 진정 사랑하는 단 한 명의 학생도 만나볼 수 없었다는 사실은 모든 것을 침전시키기에 충분하다.

어떤 동기가 배움을 향한 열정을 불러일으키는가. 좋은 성적? 그것은 배움을 측정하기 위한 도구이지 배움의 목적이 아니다. 친구들의 부러움? 그것이야말로 헛된 행복으로 자신을 포장하는 것 아닌가. 배우려는 열정은 더 알고자 하는 바람에서 비롯된다. 그것 말고 어떤 다른 이유도 없다. 더 배우고자 하는 욕구가 인간의 이성을 성숙하게 만들고, 학문을 발전시키며, 사회를 움직이는 원동력이 된다.

배우고자 하는 순수한 열정으로 가득 찬 교실로 들어서는 교사의 모습을 상상해보라. 그곳에서 진정한 배움이 이루어진다. 교사는 아이들의 아주 작은 호기심에도 감동할 것이다. 자신의 모든 인생을 구석에서 끌어내 아이들에게 전달하려 할 것이고, 의무가 아닌 의지로 가르칠 것이다. 그러한 진심의 전달만큼 이상적인 교육은 없다.

청소년기의 가장 비참하고 비뚤어진 학생에게도 배우고 싶은 것은 있다. 그는 아직 정신적으로 무너지지 않았다. 단지 잘못된 양육 습관에 노출되고 또래의 어리석은 유혹에 사로잡혔을 뿐이다. 영화 〈Freedom Writers〉에 나오는 교사는 이런 학생들을 의지와 열정으로 부활시킨 사람이다. 한 교사가 살인과 강간, 마약과 갱단에 찌든 슬럼가의 교실에서 수업을 시작한 뒤로, 아이들은 정신적으로 보통 사람들보다 더 성숙한 사람이 되었다. 내가 그 교실에서 본 것은 훈육과 체벌, 강제 정학이 아니라 인간애였다.

폭력과 이기심은 결핍에서 나온다. 어느 누구도 자신을 보호해주지 않을 때, 기댈 곳이 없고 의지할 사람이 없을 때, 아이들은 스스로를 보호하기 위해 방어적으로 이기심과 잔인함을 덧댄다. 교사가 해야 할 것은 그 조악한 갑옷들을 들추며 올바르게 성장할 때까지 수치심을 주는 것이 아니다. 오히려 그들을 감싸주고, 사랑해주고, 이해해주는 것만으로 충분하다. 그러면 아이들은 배우기를 원할 것이다.

3. 사람을 만드는 교육

교육학자 존 듀이는 아동 시기의 교육과 관련해 "아동의 상태는 사실 미성숙보다는 가변성에 가깝다"고 말했다. 그는 학생을 어른으로 길러져야 할 미숙한 존재로 인식하기보다 그 자체로 가능성을 품은, 따라서 성인과 뚜렷이 구별되는 존재로 규정한 것이다. 그렇기 때문에 아동을 교육하는 데서 너무 빨리 가르치려들지 말라고 당부했다. 아동을 한시바삐 어른이 되어야 할 부족한 존재로 바라보지 않고, 충분한 숙고와 신중을 바탕으로 양육되어야 할 대상이라고 보았다. 이것은 《에밀》에 나타난 루소의 교육관과 일치한다. 건강하지 않은 지식인을 만들기보다는 차라리 우둔한 청년을 만드는 편이 낫다는 것, 다시 말해 바람직한 교육이 이루어지지 않는 환경이라면, 일찌감치 모든 것을 가르치려들기보다 오히려 더 늦게 가르치는 편이 현명하다는 루소의 주장은, 무엇이든 남들보다 빨리 배우고 빨리 익히는 아이에게 찬사를 보내는 지금의 교육 시스템에도 일침을 가할 힘을 지녔다.

소설 《죽은 시인의 사회》에 드러난 미국 명문 사립고등학교 학생의 삶은 한국 청소년들을 대변하기라도 하듯 우리의 가슴을 울린다. 우리가 우리의 시를 쓰고, 문학을 창작하고, 사색하고, 철학하고, 비판하는, 인간으로서 누릴 수 있는 가장 큰 여러 가치를 소유하지 못한다면, 과연 우리는 올바르게 교육되었다고 할 수 있는가? 교육의 참된 목표는 사람을 좋은 계산기로 만드는 것이 아니라 진정으로 좋은 작가, 좋은 시인, 좋은 철학가, 좋은 시민으로 만드는 데 있다.

우리가 수학·과학·문학과 사회를 교육받는 이유는 사실 그 내·용을 모두 알기 위해서가 아니라, 그것들에 대해 사고하고 토론하는 과정을 거쳐 인간으로서 성숙해지기 위해서라는 점을 우리는 알아야 한다. 따라서 기초적인 연산과 사고 능력 습득이 아니라 적어도 지성의 도야와 학문적 성숙을 목표로 하는 고등학교의 수업은 학생 자신이 참여하는 것이어야 한다. 해당 과목의 내용이 각자에게 어떤 의미가 있는지 학생 개개인이 자신 있게 정의할 수 있게 해야 한다. 학생이 주도하는 수업, 학생이 창조하는 지식, 그리고 학생을 위한 공간이 고등학교에는 존재해야 마땅하다.

고등학생의 비행 준비

겨울비

하늘이 희다

오늘 아침에는
겨울이 마구 떨어진다

내 마음 몰라주는 겨울이
허공을 헤매이며 나풀나풀 나린다
이른 첫눈이다

제 생각 한 번 해보았다고
고집 많던 겨울이 달음질한다
다시 한 번 떠나려고
겨울이 온다

첫눈이 오면 무언가 글을 쓰겠다고 어제 아침에 다짐했는데, 세 시간도 지나지 않아 정말 첫눈이 왔다. 11월의 첫눈이란 아주 드물다. 대구에서 눈발을 보기란 그리 쉬운 일이 아니다. 눈이 아예 오지 않은 겨울도 많았다. 그럼에도 눈이 와준 것은 나름의 뜻이 있어서가 아닐까. 이렇게 글을 써보는 것도 바로 답해준 눈을 향한 답을 쓰기 위함이다.

시간이 자꾸만 빨라진다. 조금 더 움직이고 아주 조금 더 배웠을 뿐인데 일 년이 지났다. 가을이 온 것을 낙엽 더미가 무성할 때 알았고 겨울이 온 것을 첫눈이 왔을 때 알았다. 첫눈이 어제 오지 않았으면 나는 겨울이 가고서야 겨울이 온 것을 알았을지도 모른다. 수능이 지났고 누구는 365부터 하나씩 숫자를 빼기 시작했다. 분명히 고등학교 처음 올 때만 해도 수능은 멀었다고 생각했는데. 3학년 선배들은 아득히 멀리서 신선놀음이나 하는 존재인 줄 알았는데, 이제 내가 고3이 되려고 한다.

이렇게 시간이 계속 빨라지면 나중에는 어떻게 지금을 잡을 수 있을까. 나는 '카르페디엠'이 너무나 당연한 말이라서 그저 좋은 말이라고만 생각했다. 당연히 현재를 잡아야지, 그럼 언제를 붙들고 있겠나 하는 마음으로. 그런데 요즘은 정말 현재를 잡는 일이 쉽지 않다. 지금도 이렇게나 붙들기 어려운데, 앞으로는 시간을 잡아둘 수 있을까 하는 불안마저 생긴다.

막 2학년이 되었을 때 나는 2학년이 정말 길 줄 알았다. 동아리 선배도 되어 보고, 대회에서도 작년보다 더 잘해보고, 이것저것 할 일도 많으니 이번 일 년은 길겠다고, 그래서 좀 힘들긴 하겠다고. 그런데 벌써 이곳에 서 있다. 하나둘씩 무너지고, 누구는 수시를 포기하고, 누구는 아주 열심히 공부를 하는 이곳에. 좋든 싫든 이제 학교를 떠날 시간이 얼마 남지 않았다는 사실을, 이번 일 년은 저번보다 더 짧다는 것을 이제는 안다.

요즘에는 가끔 절벽으로 달려가는 느낌이 든다. 절망적이라는 게 아니라, 무엇이 되었건 이 땅이 끝나는 지점에서 뛰어야 한다는 생각으로. 허공이 땅을 대신하면, 그때부터는 내가 가진 게 무엇이든지 날려고 애를 써야 할 것이다. 밑으로 떨어지든지, 아니면 위로 날아가든지. 내 비행기는 지금이 아니면 만들 수 없겠구나. 사실 이제까지의 학교는 내 탈것을 만드는 과정이었구나.

나는 지금까지 이 땅을 너무 천천히 걸어와서 앞으로도 계속 땅만 있을 줄 알았다. 아무것도 하지 않아도 계속 서 있을 수 있는 이 땅이, 누군가 계속 나를 지탱해 주는 이 땅이. 그런데 이제야 절벽을 보았다. 저 멀리서 나를 맞이하는 절벽을. 어떻게든 뛰어야 하는 그 지점을. 아직 조금의 시간이 남았지만, 내가 걸어오던 이 땅을 나는 점점 뛰어가려고 한다. 시간이 나를 그렇게 만든다. 추락하면서 동력을 얻을 수도, 안전하게 날 수도 있지만 그전에 먼저 뛰어야 한다. 바닥 없는 허공 위로, 혼자서 뛰어야 한다. 그리고 한번 날아오르면 이 단단한 땅 위로는 다시 돌아올 수 없을 것이다.

올겨울이 찾아오는 것을 애써 부정하려 했지만, 첫눈이 내 머릿속으로 살며시 들어왔다. 이제 다음 겨울에는 바로 네가 뛰어야 한다고, 뛸 준비를 하자고 첫눈이 내게 말했다. 가진 것 하나 없는 나에게 그렇게 말했다. 이제는 뛰어야 한다. 저 멀리 도사리는 절벽을 본 이상, 차라리 빨리 뛰어가는 게 나을지도 모른다. 점점 빠르게 나를 떠미는 시간을 순풍으로 맞이하고서.

시간표를 점령한 통합 과목

공교육 정상화법

    고3이 되면서 새로운 시간표를 받았는데, 지난해와 달라진 점이 꽤 있었다. 체육을 제외한 예체능 과목이 사라졌고, 한국사와 체육이 각각 두 시간씩 편성된 것 말고는 수학, 과학, 영어, 국어가 나머지 시간을 가득 메웠다. 입시 준비생의 처지에서 보면 겸허히 받아들여야 하겠거니, 생각했다. 그런데 이상한 것은, 시간표를 알아볼 수가 없다. 고등학교 시간표는 보통 과목별로 두 글자씩 허용되는데, 그 자리에 적힌 것들이 당최 알아들을 수 없는 말들이었다. 통1, 심영, 자통…. 통? 과목명의 절반을 차지하는 이 글자는 도대체 무엇을 뜻할까. 그러잖아도 비좁은 차트에 '통'만 가득 차있다. '통'은 통합을 뜻하는 말이고, '자통'은 자연 통합 수학을 줄인 말이란다.

문학 수업 시간에 선생님의 불만 가득한 설명을 통해 이 '통'이 어디서 왔는지 알 수 있었으니, 바로 '공교육 정상화법'이었다. 정식 명칭은 공교육 정상화 촉진 및 선행교육 규제에 관한 특별법으로, 길다. 이 법의 의도는 공교육의 본래 목적을 되살리고 선행 교육을 방지하는 것으로, 취지는 좋았지만 실제 적용은 너무 비현실적이었다. 해당 법 제5조 1항 "학교의 장은 학생이 편성된 교육과정에 따른 교과용 도서의 내용을 충실히 익힐 수 있도록 하여야 한다."에 따르면, 학교 교육과정에서 지정된 교과의 교과서 내용 이외에는 수업에 포함할 수 없게 되어 있다. 여기까지는 참 바람직한 제도처럼 보인다.

그런데 문제는, 교과 이름을 뭉뚱그려 국어, 수학이라고 할 수 없다는 것이다. 국어과에는 문학, 문법, 고전시가 등 다양한 분야가 있고, 수학에는 미적분, 기하, 벡터 등이 있다. 실제로 1, 2학년 시간표에는 위와 같은 분류에 맞게 다양한 교과목이 혼재한다. 문제는 3학년 시간표다. 수능을 준비하는 3학년의 경우, 국어과에서 특정한 분야, 예를 들어 화법과 작문을 교과로 편성하면 해당 분야 이외의 내용을 교과 시간에 수업할 수 없는 문제가 생긴다. 대학 수학능력시험 국어 과목에서 화법과 작문 분야 문제가 차지하는 비중이 크지 않은 점을 고려해볼 때, 3학년 1학기 수업에서 화법과 작문만 다루는 것은 효율이 매우 나쁠 뿐만 아니라 해당 고교 수능 응시자들의 점수에 심각한 타격을 준다. 당연히 이렇게 학교를 운영하고 싶은 교장 선생님들은 없을 것이므로, 적당한 해결책으로 고안된 것이 바로 '통합 국어'이다.

통합 국어란, 한 교과목 안에 국어의 모든 분야를 적절히(본래 취지에 따르면 그렇다) 분배해서 교과용 도서를 만들고 이를 바탕으로 수업하는 것인데, 이런 방식으로 위 문제를 훌륭히 해결할 수 있다. 적어도 교육 현장에서는 이런 황당한 법에 적응하는 방법이 꼭 하나씩은 마련된다. 신기할 따름이다. 만약 전국에 있는 고등학교가 이와 같은 방법을 따른다면, 적어도 수능 이전 한 학기를 일부 분야만 배우는 데 쓰는 불상사는 막을 수 있다. 대신 법은 이름만 남겠지만, 교육은 계속된다! 조금 뒤틀린 방향으로.

아직 가장 중요한 부분이 남았다. 지금까지 수업한 분위기로 미루어볼 때, 아마도 내가 받은 통합 국어, 자연 통합 수학, 심화 영어 등의 교과서는 수능 이전까지 사물함에서 먼지만 쌓일 게 분명하다. 이유인즉슨, 해당 교과서로 수업을 하지 않기 때문이다. 짜잔! 고등학교 재학생들에게는 그렇게 놀랍지 않을지도 모르지만, 학부모 세대들 중 몇몇에게는 놀랄 만한 소식일 수 있다.

그러면 왜 정성 들여 만든 교과서로 수업을 하지 않을까? 정답은 간단명료한데, 수능에 연계되지 않기 때문이다. 그렇게 급히 만들어져서 수능에 연계되리라는 보장도 없는 우리의 가여운 '통합' 교과서들은 학교 폐지장으로 가거나 수능 전까지 사물함 집행유예를 선고받는다. 대신 전국의 모든 선생님과 학생들에게 사랑받는 EBS 교재 〈수능특강〉, 〈수능완성〉 시리즈는 허물어져가는 동네 서점에서도 절찬리에 팔린다. 수능에 연계되기 때문에.

이제는 너무 익숙해져서, EBS 연계 교재로 수업을 하고 학교 교과서는 형식상으로만 배부하는 것이 학생들에게는 당연한 일일지도 모른다. 어쩌면 전국의 모든 학생들이 사실상 같은 교재로 공부하는 것이 교육의 평등을 이룬다고 할 수도 있다. 그러나 무엇이 시작이고 출발이었는지 생각해볼 때, 지금은 뭔가 잘못된 것이 맞다. 다만 누구나 어쩔 수 없는 현실로 받아들이기 때문에, 대한민국 교육은 시나브로 뒤틀리는 게 아닐까?

소심한 나와 너를 위하여
수백 개로 쪼개진 학교 안의 춘추전국시대

국경

사랑받지 못한 사람들은 어디에나 있다

환영받지 못하고 내팽개쳐지고

도피하고 밤을 새워 울고

사랑받지 못한, 아니 사랑조차도 받지 못한

그런 사람들은 어디에나 있다

스스로 정한 선에 자신만의 왕국을 만들고

홀로 선 영주가 되어 사랑을 구걸하는

누군가 말해주지 않는다면

그곳에 있는 줄도 모를 그런 사람들은

그 작은 선 하나 넘지 못할 사람들인 것이다

고르바초프 서기장, 이 문을 여시오

고르바초프 서기장, 이 벽을 무너뜨리시오

2018년 여름에 쓴 시다. 6월쯤이었는데, 유난히 더운 탓에 학교에서 에어컨을 틀어주지 않으면 10분만 있어도 온 교실에 땀 냄새가 가득 찼다. 나는 6월만 되면 공부에 슬럼프가 온다. 이상하게도 매년 6월 모의고사는 어떤 식으로든 망칠뿐더러 이어지는 1학기 기말고사마저 성과가 썩 좋지 않다. 아마도 굳은 결심과 함께 시작한 공부가 1학기를 버티며 점점 힘을 잃어가기 때문일 것이다.

6월은 고등학생에게 무지 덥다는 점 말고는 특별한 인상을 주지 못하는 달이다. 저마다 생활기록부를 채우기 위해 대회와 동아리 활동에 동분서주한다. 이때쯤 되면 어떤 애가 외향적이고 어떤 애가 내향적인지, 취미는 뭔지, 친한 친구는 또 누구누구인지 의도하지 않아도 두루뭉술하게나마 알게 된다.

자라면서 몸으로 배운 것은, 어디에서든 외향적인 사람이 그렇지 않은 사람보다 객관적으로 나은 형편에 놓인다는 사실이다.

물론 다른 측면들이 모두 같다고 가정할 때. 아마도 인간이 사회적인 동물이기 때문이리라. 결국 능력이 뛰어난 사람보다 능력이 뛰어난 사람을 많이 사귄 사람이 성공한다. 그래서 거상 임상옥의 스승이 자기 제자에게 "장사란 사람을 남기는 것이다"라고 한 것 아닐까. 외향적이라는 특성은 종종 리더십이나 사회성, 대인관계 등으로 바뀌어 일컬어지기도 한다. 반면 내향적이라는 특성은 소심함, 외골수, 배타적 등등의 표현으로 대신된다. 왜 상호 대립적인 이 두 특성이 긍정과 부정의 관계가 되었을까.

어른들 사회 못지않게 학생들의 조그만 사회도 치밀하게 작동한다. 학생이 주도하는 교육을 표방하는 학교에서는 더욱 그렇다. 줄 서기, 이권 빼앗기, 이간질, 아부를 비롯한 다양한 '권력' 다툼과 편 가르기가 학생들 사이에서도 벌어진다. 중요한 점은, 이 미숙한 존재들 사이에는 타협과 원시안이 없다는 것이다. 한 번 틀어진 교우관계는 이 정신없는 모략 속에서 점점 원수지간이 되어가고, 무리에서 배척받기 시작하면 이른바 '왕따'에서 헤어날 방법을 찾기 힘들다.

학년이 낮을 때는 비교적 순진하고 단순한 관계, 즉 내가 좋아하는 아이와 싫어하는 아이로 양분되지만, 학생들 사이에서 작동하는 이 권력의 원리를 점차 모든 아이들이 깨달으면서 고등학생의 인간관계는 훨씬 복잡하고 다양해진다. 내가 상을 받고 싶은 대회에 능력 있는 아이와 함께 짝을 이루어 나가기 위해 친해지려 하기도 하고, 학생회 진급이 더 잘 보장되는 선배와 친해지기 위해 다른 아이들과 은근히 경쟁하기도 한다. 편애하는 학생에게 상을 더 쉽게 주거나 추천서를 잘 써주시는 선생님이 있을 경우에는 문제가 더욱 복잡해진다.

이런 학교 환경에서 내향적인 아이들이 불리하다는 사실은 어렵지 않게 알아차릴 수 있다. 대인관계에 능숙하지 못할수록 학생 사회에서 배척받기 쉬우며, 영향력이 작은 학생과 가까이 지내면서 얻을 수 있는 것에는 아무도 관심을 주지 않는다. 어쩌면 이런 경향을 무의식적으로 학습하면서, 우리나라 학생들은 불가피한 위계질서 문화에 익숙해지고 저항하지 않게 되는지도 모를 일이다.

내향적인 학생들이 학창 시절 내내 이런 분위기에서 공부하다가 졸업하는 것은 너무나 아까운 일이다. 개개인이 지닌 자질과 가능성을 생각해볼 때, 능력 있는 학생이 단지 조용하고 소심하다는 이유만으로 외면당하고 배척받는다면 과연 얼마나 많은 가능성들이 길을 잃는 것인가. 성격은 존중받아야 할 것이지 가늠해야 할 것이 아니라는 사실을 모두가 안다.

학생 사회의 고질적인 문화를 개선하려면 무엇보다 학생 개개인의 생각이 바뀌어야 한다. 인기 많은 사람이 되려 하기보다는 나의 능력과 성품을 바탕으로 꾸준히 발전할 때 비로소 주변에 사람이 모인다는 것을 우리는 알아야 한다. 《삼국지》에서도 '사람을 모으는 성품'이라는 묘사가 변변찮은 인물에게 주어진 적이 없다.

우리의 벽을 허물자. 그리하여 몇몇 제왕이 다스리는 천하보다는 차라리 자잘하게 쪼개진, 당당한 하나의 성인이 되어가기를 나는 모든 학생들에게 바란다.

신기루를 읽다

〈죽은 시인의 사회〉 독후평

영화 〈죽은 시인의 사회〉를 처음 본 지 벌써 5년이 다 되어가지만, 한 번만 본 것은 아니다. 다시 보고, 곱씹어보게 하는 많은 메시지가 이 영화 안에는 담겨 있다. 커서 다시 펴보는 동화책에서 새삼스러운 인생의 비밀을 발견하게 되는 것처럼, 거듭 볼 때마다 새로운 감동을 주는 영화다. 내 짧은 인생에서 꼽는 세 편의 영화 목록 안에 〈파파로티〉, 〈세 얼간이〉와 함께 당당히 자리하고 있다.

책을 읽기 전에 영화를 한 번 더 찾아봤는데, 예전에 느껴보지 못한 부러움이 밀려왔다. 이제는 영화 속 주인공들과 같은 고등학생으로서 키팅 선생의 가르침이 얼마나 귀한지를 느낄 수 있다. 선생이 학생을 온전히 위하기는 몹시 어렵다는 사실을, 학교와 분리된 교육관을 지닌 선생이 존재하기란 불가능에 가깝다는 사실을, 나는 이미 경험으로 알고 있었다.

시를 읽고 노래를 부르고 인생을 즐기는 학생들의 모임이란 어떻게 보면 지극히 정상이고 자연스러운 것인데도, 책을 읽으며 부러웠다. 우리는 왜 저런 삶을 누릴 수 없을까, 우리에게는 왜 당연한 것들이 당연하지 않은가 하는 질문을 수없이 던졌다. 시를 쓰는 학생으로서 함께 문학을 논하고 토론할 사람이 필요하다는 생각을 많이 했지만, 사실은 스스로도 불가능하리라 예단한 적이 많은 것 같다. 생텍쥐페리의 《사람들의 땅》에서, 사막에 불시착한 파일럿은 이미 수많은 경험을 통해 앞에 보이는 호수가 신기루라는 사실을 알면서도 계속 나아간다. 동료가 그를 때려눕혀 더는 나아갈 수 없을 때까지, 마치 자신이 상상으로 만들어낸 가능성에 존폐를 걸듯이. 대한민국의 고등학생에게 〈죽은 시인의 사회〉가 주는 경험은 일반 독자들의 경험과는 사뭇 다르다. 우리는 이미 사막에 던져진 배고픈 비행사이기에, 비록 이루어질 수 없는 이야기에 불과할지라도 소설에서 찾는 일말의 희망에 크나큰 부러움을 느낀다.

동굴 속에서 각자가 준비한 시를 낭독하고 '삶의 정수를 빨아들이던' 학생들에게는 과연 무엇이 새롭게 생겨날지, 온종일 닭장 같은 학교 건물과 독서실에서 종이 위에 써진 문제를 푸는 우리에게는 과연 무엇이 남을지 생각하며 괴로웠다. 세상은 너무나 빨리 변한다. 우리의 부모님과 사회를 지탱하던 경제구조는 이제 얼마나 오래 버틸 수 있을지, 지금 경험하고 배우는 것들이 내 삶에 얼마나 큰 영향을 줄지 생각하며 괴로웠다. 고등학교 3학년이 되는 이에게 공부하는 과정은 점점 그 자체의 목적보다 수단으로 자리 잡는다. 학교에서 선생님이 가르쳐주기 때문에, 친구들이 하므로 공부하던 초등학교 때와는 엄연히 다른, 성인으로서 교육을 대하게 된다. 무엇을 배우고 경험하는지가 각자의 인생을 명확히 갈라놓는 지금, 나는 무엇을 위해 지금처럼 공부하고 있을까. 지금의 경험이 나에게 얼마나 유익한 시간이 될 수 있는지 의심하게 하는 한 편의 영화와 책.

　무엇이 당연한지, 무엇이 좋은지 우리는 이제 알고 있다. 또한 현실과 내가 아는 것 사이의 괴리가 큰 사회, 그리고 그런 괴리를 당연시하는 사회에서 자라면서, 점점 무엇이 나에게 올바른가가 아니라 무엇이 내가 속한 곳에서 당연히 받아들여지는가를 자연스레 묻게 된다. 저마다 속한 서로 다른 집단에서 다르게 통용되는 준거를 받아들이는 사람들은 자연히 단절되기 마련이다. 점점 증가하는 사회 속 혐오와 배척이 다른 사람에 대한 이해의 부족 때문이라는 사실을 돌이켜볼 때, 어느새 우리에게 당연해져버린 것들에 대해 한 번쯤은 질문을 던져야 하지 않을까. 다들 저 멀리 보이는 신기루가 아무리 진짜라고 해도, 홀로 구조 신호를 보내던 어느 비행사의 뒷모습처럼 외롭고 당당할지라도. 한밤중에 외딴 동굴을 찾던 키팅 선생과 그 제자들의 마음도 이와 같았을 것이다.

'오 캡틴, 마이 캡틴!'

가정의 달? 수행평가의 달

학생에게 가장 바쁜 달이 언제인지 아시는지.

모의평가가 있는 3, 6, 9월일까. 내신 기간인 4, 6월일까. 내게는, 그 어느 시험도 없는 화창한 5월이다. 나는 고등학교 1학년 5월에 처음으로 물리적인 시간의 한계를 느꼈다. 일주일에 보고서 네댓 편을 써내고, 또 서너 번의 발표 준비를 했다.

우리 학교에서는 해마다 멘토, 멘티라는 이름으로 1, 2학년 학생들을 진로에 맞게 묶어주는 프로젝트가 있는데, 그때 내 멘토로 지정된 선배가 1학년 때는 공지가 붙는 모든 대회에 가리지 말고 참여하라고 했다. 수상하든 않든, 대회를 경험해봐야 2학년 때 정말 필요한 상만 탈 수 있다고. 그래서 정말 모든 대회에 신청서를 냈다. (선배 이름을 꼭 기억하겠다…) 열정만 가득한 고등학교 새내기가 할 수 있는 최선의 선택이었겠지만, 그 모든 대회의 80퍼센트가 5월에 열린다는 게 문제다. 게다가 모든 수행평가의 80퍼센트도 5월에 있었다. 시험에서 조금은 자유로운 대신 주어지는 현실은 때로 시험보다 더 가혹하다.

현재 고등학교 3학년 교과과정에는 적어도 40퍼센트의 비율로 수행평가가 포함되어야 한다. (적어도 대구광역시 교육청의 지침에 따르면 그런가 보다.) 내가 중학교 다닐 때는 30퍼센트였는데, 이도 20퍼센트대에서 증가한 수치였다. 경험상 2년 또는 3년마다 한 번의 빈도로, 학기 첫 교과시간에 교육부의 방침이라 어쩔 수 없다는 선생님의 말씀과 함께 10퍼센트씩 반영 비율이 꾸준히 증가해왔다. 반영 비율을 늘리는 이유는, 대부분의 경우 사교육을 방지하고 더욱 과정 중심적인 평가를 하기 위해서다.

취지는 좋지만, 현실은 그렇지 못하다.

위에 언급한 것처럼 과목별로 수행평가 비율이 높은데, 이를 평가항목 하나로만 구성하여 점수 편차를 크게 하면 형평성에 문제가 생긴다. 점수 편차가 크다는 말은 엄격히 채점한다는 말과 비슷하다. 그 이유는 수행평가 시스템의 태생적 문제 때문인데, 객관식 문제 또는 채점 기준이 명확하게 명시된 주관식 문제 이외에 수행평가에서 임의로 점수 분포를 크게 했다가는 선생님들이 어려움을 겪을 수 있다. 항상 성적이 좋던 아이가 수행평가 하나를 설렁설렁했더니 학부모님이 교무실에 전화를 걸어서 "무슨 기준으로 우리 아이의 성적을 깎았느냐. 주관적인 기준으로 평가한 점수를 인정할 수 없다."고 한다든지. 그렇게 되면 해당 평가항목에서 왜 그 아이의 점수를 깎았는지 길고 긴 해명을 해야 할 테다.

그래서 어떻게 하는가 하면, 40퍼센트를 잘라서 두세 개, 많게는 서너 개의 항목을 만들어 각각의 점수 편차를 아주 적게 하는 방법이 있다. 그러면 혹여나 '장래가 촉망되는 학생'이 어쩌다 하나를 삐끗해도 반영 비율이 크지 않아서 별 문제가 없기 때문이다. 당연히 '강력한 학부모'님께 해명해야 할 위험도 적어진다. 예를 들면 지난 3학년 1학기 한국사 수행평가는 다음과 같다:

내용: 한국사 관련 자유주제 탐구 보고서 A4 한 면 분량으로 제출

평가 기준: 무난한 내용 제출(100점), 엉망인 내용 제출(98점), 미제출(0점)

학생 입장은 어떨까. 선생님 한 명은 과목당 두세 개의 수행평가를 무난히 배정하지만 학생 한 명은 과목 8~9개에서 쏟아지는, 전혀 무난하지 않은 주당 몇 개씩의 보고서를 써내야 한다.

그것도 화창한 5월에 교실이나 방에 틀어박혀서. 보고서를 써내라면 그나마 다행이다. 인터넷상에서 적당히 긁어모은 다음 한 페이지에 욱여넣고 행 간격을 늘리면 된다. PPT 발표를 하라면 조금 더 귀찮다. 예쁜 디자인을 찾는 데 두세 시간을 보낸 다음 대본을 각 슬라이드에 적당히 잘라 넣고 틀리지 않게 읽는 수고까지 해야 한다. 그렇다. 비꼬는 중이다.(물론 정말 많이 애쓰는 학생들도 있고, 고학년이 될수록 과제의 질도 개선된다.)

이렇게 수행평가를 적당히 해내는 것만도 노력과 시간이 들기 때문에, 3학년이 되면 선생님들이 앞서 언급한 한국사 수행평가처럼 간단하게 요구하신다. 과제를 내면 일단 만점에 가까운 점수를 주기 때문, 중간고사와 기말고사에서 변별해야 한다. 수행평가 때문에 지필고사 반영률은 각각 30퍼센트로 떨어지는데, 이미 치열한 지필에서 반영 점수도 낮아 공부하는 학생들 처지에서는 정말 1점 싸움을 하게 된다. 저학년에서는 수행평가의 아득한 분량, 고학년에서는 지필고사의 좁은 문 때문에 고통받는 셈이다.

이렇게 수행평가 비율을 늘리고 지필 점수 반영률을 줄이면 정말 사교육 방지 효과가 있을까. 실제로는, 학교 수업의 정체성이 무너진다. 수업시간에 다른 것을 하는 학생이 많아진다. 수행평가를 포기하는 학생들이 많아진다. 고3 교실의 모습이다. 자사고나 특목고일수록 고학년 학생들 중 수시를 포기하고 정시로 접어드는 인구가 많은데, 일단 정시만을 선택하면 일체의 내신을 챙길 필요가 없다. 그러니까 수행평가는, 적잖은 수의 학생들에게 대학 진학에 도움이 되지 않고, 시간은 많이 들며, 수능 공부와는 아무런 관련이 없는 활동이 되는 것이다. 선생님들도 이런 현실을 충분히 이해하시기 때문에 수행평가를 전혀 하지 않더라도 약간의 훈계만 하실 뿐 적당히 넘어가는 경우가 다반사다.

학교에서 과제로 준 무언가를 하지 않아도 된다는 전제는 학생 개인에게 생각보다 강력한 자극이다. 학생으로 12년을 살아온 고삼들에게, 비로소 해금되는 무언의 권리 같은 것으로 무의식에 각인되기 때문이다. 학생에게 학교에서 주어지는 일은 사실상 인생의 단기적인 목표와 다름없기 때문에, 그런 목표에서 표류하는 듯한 느낌을 주는 고등학교 3학년 1학기의 교실은 학생에게 묘한 자극을 준다. 절대적일 것 같았던 수업이 어느새 필요한 수업, 잠을 자는 수업. 다른 과목 공부를 하는 수업으로 나뉘고, 하지 않을 수 없다고 생각했던 수행평가는 꼭 필요한 경우에만 신경 써 보거나 선생님을 향한 마지막 예의 같은 것이 된다.

사실 고3 내신이 홀대받는 가장 큰 이유는 수능의 존재 그 자체 때문인데, 공정하다는 이유로 대학입시의 큰 축 가운데 하나를 차지하는 시험이다. 고등학교 내신의 중요도를 크게 줄이는 수능을 폐지하자니 남는 수시의 공정성 문제가 다시 논란이 되고, 그렇다고 정시를 확대하자니 고등학교 내신이 있으나 마나 한 상황이 되어버린다. 문제는 이런 복잡한 문제들이 사교육, 개정 교육과정 등 다른 중요한 이슈들과 어지럽게 얽혀 누구도 마땅한 대안을 찾을 수 없다는 것이다.

학교라는 이중적인 성격의 울타리 너머로 조금씩 발을 내딛기 시작하는 고등학생 시기는 어쩌면 당연시하던 일들에 하나둘씩 이유를 묻고, 붕 뜬 목적과 과제들 사이에서 정말 필요한 것에 집중하는 방법을 터득하는 때인지도 모른다. 그러나, 모두가 바라던 교실의 모습과는 조금 다르지 않을까.

그냥, 그린다.

　최근 그림을 시작했고, 고삼이다. 미술 입시를 준비하지 않는 고삼이, 그림을 그린다.

　나는 아마도 첫 문장 하나로 많은 사람들에게 질타를 받기 충분한 명분을 만들었다. 하라는 공부는 안 하고 그림이나 그리고 있다니, 제정신이 아닌 것처럼 보일 수도 있다. 고삼이 그리는 그림은 죄다 낙서로 보이는 게 정상인 분위기에, 문제집을 펴는 대신 연필을 깎는 모습은 고삼 교실에서는 터부나 다름없다. 신성한 교실에서 그림 '따위'나 그리고 있다.

　그림을 시작한 건 한 가지 이유 때문이 아니다. TED를 둘러보다 그림 그리는 방법, 누구나 그릴 수 있다는 영상을 보고 작은 용기를 얻었고, 유튜브에서 내가 좋아하는 그림 채널을 구독했고, 가장 중요하게도, 그리기 시작했다(https://www.ted.com/talks/graham_shaw_why_people_believe_they_can_t_draw).

우연히 본 TED 영상은 사실 그렇게 대단한 명강의도, 그림 그리는 구체적인 기술을 가르쳐주는 것도 아니었다. 그러나 그림을 그리는 데 가장 방해가 되는 요소는 못난 그림 실력이 아니라, 그릴 수 없다는 마음이라는 사실을 깨닫게 해 주기는 충분했다. 언제부터 어떤 일을 할 때 잘할 수 있는지부터 따지게 되었는지 잘 모르지만, 어느새 잘할 수 있는 일, 완벽히 해낼 수 있는 일들만 골라잡기 시작했다. 사실 잘하고 못하고는 그렇게 중요한 문제가 아니었는데, 하기로 마음먹은 다음부터 고민할 문제였는데 말이다. 이 TED 강의가 준 한 가지 중요한 선물은 내가 어떻게 그리든 사실 아주 글러먹지는 않는다는 사실이다. 어떻게든 그리기만 하면 대화가가 그린 멋진 작품은 아니더라도, 봐줄 만한 무언가가 나온다.

그림을 그리기로 하고 처음 그림을 그렸는데, 결과가 썩 괜찮았다. 적어도 내 눈에 못 봐줄 만한, 구겨서 집어던지고 싶은 실패작은 아니었다. 평소 좋아해서 집에 잔뜩 쌓아놓던 요구르트 팩을 그렸는데 선 처리도 엉망이고 그림자 표현은 어설픈 데다 명암도 이상하다. 그림을 배워 본적도, 자주 그려 온 것도 아니니

그림을 그리기로 마음먹고 처음 그린 그림

당연하다. 그런데 어쩐지 내 눈에는 나쁘지 않아 보였다. 내 첫 번째 그림에 기대했던 모습과 비교했을 때 나쁘지 않았다. (적어도 집어던지지 않았으니 기대 이상이라는 증거다.) 첫 그림을 완성했을 때 느꼈던 뿌듯함이나, 나도 그릴 수 있다는 생각이, 계속 그릴 수 있는 동력이 된다.

그림을 하나씩 그려가며 느끼는 건, 비록 잘 그리지 못해도 그릴 만하다는 사실이다. 내가 관찰해 내가 그린 그림이기 때문에, 내 그림에는 내가 있다. 선은 삐뚤빼뚤하고 보기에 아름답지 않을지도 모르지만, 적어도 내가 직접 그린 그림에는 자동으로 콩깍지가 씐다. 아마도 그림 실력에 전혀 기대가 없기 때문에, 실망하지 않는 것일지도 모른다. 그러나 그림 자체보다 중요한 것은, 그림을 그리는 과정에서 경험하는 순간들이다.

그림을 그리는 데 많은 것이 필요하지 않지만, 적어도 종이와 연필 한 자루는 필요하다. 그리고 연필은 깎아야 한다. 그림을 그리기로 하고 나서 내가 연필을 얼마나 못 깎는지 실감했다. 몇 년 만에 연필을 깎고 있는지도 확실하지 않았고, 심은 서투른 칼질에 반으로 쪼개져서 이따금 전체를 들어내야 했다. 그런데, 무엇이든지 하다 보면 잘하게 된다는 말이 맞다. 그리고 연필 깎기의 경우에는, 빠르게 익숙해졌다. 몇 번 연습한 후에는 스스로 보기에도 만족스러운 촉이 만들어졌다. 물론 매번 깎는 일이 편하지는 않은 일이지만, 적어도 작은 보람을 얻기에는 충분한 만족감을 준다. 자연스럽게 사소한 일에도 만족하는 마음으로 그리기를 시작할 수 있다. 그리기 위한 일종의 준비동작이다.

관찰하는 시간은 더욱 중요하다. 대충 보고 나머지는 상상하며 그리면 대상을 닮지 않게 될 가능성이 다분하다. 요구르트 팩의 색은 어떤지, 접힌 부분은 어떻게 생겼는지, 비율은 어떤지 세심히 관찰해야 한다. 그리고 한 대상을 오랫동안 쳐다보고 있으면, 자연스럽게 정이 가는 법이다. 평소에는 무심코 사용하거나 가볍게 지나쳤던 작은 물건들이, 그림의 대상이 되면 내 시야를 가득 채우기 시작한다.

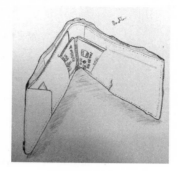

사용하고 있는 지갑 드로잉

그림을 그리기 시작할 때에는 무엇을 그릴지 고민할 필요가 없다. 눈에 보이는 아무 물건이나 집고, 그리기 시작하면 된다. 며칠 전에는 의자에 앉았는데 뒷주머니에 지갑이 느껴져서 그대로 책상에 올려놓고 그리기 시작했다. 여전히 그림 솜씨는 늘지 않았지만, 내 지갑을 속속들이 알게 되었다. 재질은 종이, 박음질은 홈질, 뒷면에 주름이 많다, 등등. 그리는 동안에는 많은 생각이 필요하지 않기 때문에, 내 물건에 더 집중할 수 있다. 보기에 아름답지 않아도, 그리는 과정에서 새로 생각하고 알아갈 수 있는 것들이 많다. 지갑 드로잉도 구도가 완전히 어그러졌지만, 그리는 과정에서 만족스러웠다.

그림을 잘 그리려면 미술 학원에 다니거나 인터넷 강좌를 보며 연습할 수도 있지만, 나에게 있어 그림의 목적은 더 잘 그리고

자 하는 것이 아니다. 그리는 과정에서 더 많은 생각을 하고 알지 못했던 작은 부분들을 하나씩 알아가기 바라는 것이다. 그래서 잘 그린 그림과는 거리가 멀 수도 있지만, 새로운 생각을 하게 해 주는 역할로는 충분하다. 또, 관찰하는 과정에서 그리는 상황이 기억에 강하게 남기 때문에, 그렸던 그림을 다시 꺼내보면 그림을 그렸던 상황을 뚜렷하게 기억해낼 수도 있다. 아마도 초등학생 시절에 그림일기 숙제가 있었던 이유가 이런 것은 아닐까 생각했다.

그림은 대상에 온전히 집중할 수 있는 기회와, 적어도 남들과 다른 나의 사소한 철학을 만드는 기회를 준다. 연필을 깎을 때는 어떤 순서로, 어떤 방향으로 깎는 방법이 내 마음에 드는지, 그림을 그릴 때는 사물의 어떤 면부터 관찰하는지 등 나만의 것을 만드는 데 큰 도움이 된다. 아무도 시키지 않고, 아무도 평가하지 않기 때문에, 학생에게는 낯선 작업이다. 하지만 오히려 그런 점이 더욱 매력적으로 다가왔다.

'그릴 수 없다고 생각하는 이유'. 역설적으로 나를 그리게 한 첫 메시지다. 나는 왜 그릴 수 없다고 생각했을까. 어릴 때는 잘은 못 그리더라도 그렸다. 습관적으로 낙서를 하듯이 그림을 그렸고, 뭉툭한 색연필을 부러뜨려가며 조악한 그림이라도 그렸다.

학교 매점에서 팔리는 음료

핀터레스트에서 찾은 인물 드로잉

다시 꺼내어 보는 나의 유치원 시절 그림들은 이제 못 그린 그림이 아니다. 그림을 그릴 때 그렇게 생각하지 않았고, 한참이 지나 꺼내어 보는 지금도 역시 못 그린 그림이 아니다. 어릴 때 그린 그림들은 그렇게 누구에게도, 언제 보아도 못 그린 그림이 아니다. 그렇다면 왜 나는 그림을 그릴 수 없다고 생각했을까. 그림뿐만이 아니다. 수영, 모르는 사람에게 길 묻기, 부모님께 사랑한다고 말하기, 이외에 수없이 많은, 내가 할 수 없다고 생각하는 것들이 언젠가부터 내 곁을 떠났다. '잘할 수 없어서'는, 점점 '할 수 없어서'가 되어버렸다.

　그리기 시작한 것은 얼마 되지 않았지만, 단순히 그릴 수 있다는 용기만 얻은 것은 아니다. 지금까지 얼마나 많은 일들을 단순히 잘할 수 없다고 포기해버렸을까? 중요한 것은 연필을 깎고 무엇이라도 그리기 시작하는 일이었는데. 잘 그릴 수 있을지 가늠하고 결국 포기해버리던 시간이 너무 아깝게 느껴졌다. 그림뿐만이 아니라 다른 어떤 일이라도 같을 것이다. 잘 배울 수 있을지 고민하며 학교에 가지 않듯이, 잘할 수 있을까 고민하지 않아도 되지 않을까. 하지 않던 일을 시도해본 한 고삼에게 나쁘지 않은 결과가 있었다는 것을, 아마도 대부분의 복잡한 일들도 비슷하지 않을까 생각해본다.

학생들이 시를 쓰지 않는다

학생에게 문학이란? 누구에게는 공부해도 안 되는, 누구에게는 지겹고 짜증 나는 과목일 소지가 다분하다. 왜 문학은 우리에게 따분한 과목이 되어버렸을까? 분명 조선시대에는 선비의 세 가지 덕목이라고 불리는 이른바 문사철(문학, 역사, 철학)에서 당당히 한자리 차지하고 있었는데 말이다. 소설과 시는 우리 삶의 아픔에 공감하고 그 아픔을 치료해주며 더 나은 미래를 가꾸어 나갈 수 있는 지지대 구실을 한다. 문학을 많이 접해본 사람이 그러지 않은 사람보다 경제적으로는 풍요롭지 않을지 몰라도, 삶의 질은 어김없이 높다. 따라서 이렇게 좋은 문학을 학교 교과목에 포함한 일도 충분히 이해할 수 있을 듯하다. 그런데, 왜 학생들은 문학을 어려워할까?

문학이 독자에게 선물하는 효과 가운데 큰 비중을 차지하는 것은 다양성을 향한 포용력이다. 가상의 인물을 통해, 환상적인 세계관의 연대기를 통해, 때로는 감성 젖은 한 시인의 부르짖음을 통해, 우리는 평소에는 느낄 수 없는 독특한 삶의 모습을 마주할 수 있다. 이렇게 책을 읽어나가면서 나와 다른 모습의 타인을 이해할 수 있고, 나아가 나만의 이야기를 만들어낼 수 있게 된다.

　그러나 문학이 학교 교육에 적용된 모습은 사뭇 다르다. 문학을 접한 학생들이 저마다의 다양성을 이해하고 존중하게 되는 것이 아니라, 문학 선생님이 중요하다고 가르친 몇몇 구절과 표현법을 모든 학생이 똑같이 암기한다. 시험에서는 누가 문학의 '중요한' 점을 숙지하지 못했는지 평가하며, 내가 자의적으로 해석한 문학은 '틀린' 것이 된다. 초등학교 국어시간에는 아이들이 시를 배울 때 선생님께 이의를 제기하기도 한다. 장난기 어린 질문도 많지만, 자신이 생각한 것과 다르다는 이야기가 대부분이다. 고등학교에는 시를 자기 나름대로 이해하려는 학생이 드물다. 문학 시험공부는 주어진 해석표와 작가의 삶, 시를 창작한 배경 따위를 암기하는 것이 전부다. 학교 시험은 시의 암기도를 평가하지, 이해도를 평가하지 않는다.

　'잘 쓰인 시'라는 표현이 무의미한 것처럼, 잘 해석된 시라는 표현도 어색하다. 무엇이 '잘' 해석한 시인가? 작가의 의도를 파악하고 주어진 단어들을 몇몇 공통 속성 따위로 묶어 주어지는 대로 받아 적는 것이 잘 해석한 것이라면, 아마도 문학을 사랑하는 사람 중에는 시를 잘 해석할 사람이 없을 것이다. 문학은 평가의 대상이 아니라 감상의 대상이다. 만약 일부 학자들에 의해 문학이 평가되고 분석될 수 있다고 해도, 그것은 학생의 몫이 아니다.

　문학을 배우는 목적은, 생각하는 힘을 기르고 인간으로서 갖출 기본적인 사유 능력을 기르기 위한 것이지, 전문 학자들이 특정 시를 분석한 내용을 외우는 능력을 평가하기 위한 것이 아니다. 많은 사람이 사랑하는 영화 〈죽은 시인의 사회〉에서, 존 키팅 선생은 시를 완성도와 짜임새로 평가하라는 문학 교과서의 서두 부분을 찢어버리라고 했다. 이 장면이 우리에게 감동을 준 이유는 무엇인가? 문학이 평가의 대상이 아니라는 사실은 누구나 알지만, 학교는 잘 평가하라고 가르치기 때문이다.

　문학은 주관적이며 감동적이다. 책상에 앉아서 시에 담긴 표현법을 달달 외워야 할 일이 아니다. 만약 문학을 평가하려 든다면, 어느 누가 문학을 창작하려 하겠는가. 자신의 시가 만천하에 공개되어 옳은지 그른지 심사받아야 한다면, 아무도 시를 짓거나 글을 쓰려 하지 않을 것이다. 문학이 없는 사회는 죽은 사회다.

학생들에게 문학을 '가르치기' 전에, 먼저 즐기게 해야 한다. 언어가 인류에게 가져다준 지적 풍요와 수천 년의 철학이 집적된 고전이며 시들을 음미할 수 있게 도와야 한다. 그저 문학적 기법들과 단어들을 분류하고 암기하는 문학 수업은, 영어 단어 암기보다 못하다. 영어 단어는 써먹을 데라도 있다. 대구법, 비유법, 온갖 형식을 도대체 어디에 쓸 수 있는가? 문학 창작에 쓸 수 있다고 반론할 수 있다.

그러나 문학을 창작하는 데 가장 필요한 것은 창의성과 깊은 성찰이다. 이런 것들을 완전히 배제한 현재의 교육에서 문학의 이론적인 내용을 숙지한다고 해서 시를 쓸 수 있을까. 현실을 먼저 깨달아야 한다. 학생들이 시를 쓰려고 하지 않을뿐더러 싫어하는 지금 상황을, 심각하게 받아들여야 한다. 그러지 않으면, 조만간 《1984》의 내용처럼 조금 좋은, 아주 좋은, 아주아주 좋은 따위의 표현이 문장을 지배하는 때가 올 것이다.

학생 J의 독서란

독서. 나의 맨 처음 취미 칸부터 가장 최근의 취미 칸에까지 한 번도 빠지지 않고 개근한 나의 만년 취미다. 개근상이라도 줘야겠다. 초등학교 시절 담임선생님께 물었더니 내가 재밌어하는 일을 적으라고 했다. 특기는 내가 잘할 수 있는 것을 적으라고 했다. 그래서 내 취미와 특기는 독서가 되었다. 취미가 독서라니, 이 얼마나 진부한 말인가. 내 취미를 밝힐 때면 그래서 진짜 취미는 뭐냐고 묻는 어른들이 있었다. 진짜 취미라니, 그럼 가짜 취미도 있다는 말입니까.

그냥 읽는 게 좋았다. 조용히 앉아 두 시간이든 세 시간이든 책을 붙들고 있는 게 좋았다. 어릴 때는 독서가 그저 재미있어서 했다. 조금 커서 보니까 나 같은 사람이 별로 없었다. 책을 읽는 또래는 많았지만 재밌어서 읽는 애들은 찾기 어려웠다. 아마도 독서의 즐거움보다는 다른 것의 재미를 알아채기가 더 쉽기 때문이리라.

글을 일찍 배웠다. 아버지는 내가 하루빨리 성경을 읽기 바라는 마음에서 가르치셨지만 아주 어릴 때 읽은 것은 만화가 대부분이었다. 그렇다고 후회하지는 않는다. 내 방에는 교육만화 시리즈가 수두룩히 꽂혀 있었는데, 나중에는 읽을 게 없어서 똑같은 책을 읽고 또 다시 읽기를 거듭했다. 지금 돌이켜보면, 어떤 것을 보더라도 좀 더 쉽게 이해할 수 있는 힘은 그때 읽은 수많은 만화책들 덕에 길러진 것 같다.

독서는 쉽지 않다. 몇 시간씩이나 같은 자리에 앉아 같은 곳을 응시하는 일이다. 누가 방해할 수도 있고 지루할 수도 있으며 몸이 피곤해질 수도 있다. 그러나 동시에 가장 쉽게 빠져들 수 있는 일이기도 하다. 마음에 드는 책을 읽노라면, 식사도 공부도 의식에서 멀어진다. 물론 그만큼 좋다는 것이겠지만.

고등학생들의 독서란 고달프다. 재미있어서 읽는 게 아니라 읽어야 하기 때문에 읽는다. 대학 입시에 필요하기 때문에, 부모님이 읽으라고 했기 때문에, 남들이 다 읽으니까 불안하기 때문에. 그렇게 책을 집어 든다. 책과는 담 쌓고 지내던 친구들이 입시설명회에 다녀와서는 "저 대학에 가려면 독서활동란에 적어도 몇 권은 있어야 한대" 하며 도서관에 줄을 선다. 한참을 고르더니 진로와 맞는 책이 없다면서 재미있어 보이는 소설책을 고른다. 그러고는 그마저도 열 페이지 남짓 읽고는 대출기간이 다 되어 반납한다.

학생들이 이토록 독서와 친하지 않은 이유는 무엇일까? 분명 독서는 권장된다. 아무도 독서가 유해하거나 쓸데없다고 말하지 않는다. 그런데 왜 독서는 친근하지 않을까. 아마도 독서보다 공부가 우선이라는 암묵적인 분위기 때문이 아닐까. 자습시간에 텅 빈 책상 위에 책 한 권 덩그러니 펼쳐놓고 읽는 학생은 아마 선생님에게 좋게 보이지는 않을 것이다. 책 읽는 그 학생도 주변에서 공부하는 친구들을 보면 마음이 편치만은 않을 것이다. "음…. 독서도 중요하지만 그보다는 내신을 먼저 챙기는 게 좋지 않겠니?" 마음에서든 바깥에서든 책 읽는 학생에게 꼭 들려오기 마련인 말이다.

지난 학기에 16권의 책을 읽었다. 내 독서활동란을 보고는 너무 지나치다는 친구들이 많았다. 그렇게 많이는 필요 없을 거라

나. 필요하기 때문에 읽은 것이 아니다. 읽고 싶기 때문에 읽었다. 지금 책을 읽지 않으면 다른 일이 손에 잡히지 않아서 읽었고, 다음 페이지의 내용이 궁금해서 읽었다. 도장에 나가 태권도를 수련하고 축구를 하고 게임을 하듯이, 하고 싶었기 때문에 읽었다. 왜 독서라는 취미는 여느 취미와 다를까? 아니, 왜 온전한 취미가 아닐까. 어쩌면 독서가 학생들에게는 수단에 불과하기 때문인지도 모른다. 즐거워서 읽어본 적은 없지만 많이 읽으면 유리하기 때문에. 결국 학생부에 기록을 많이 남기고 내신 잘 받는 사람이 유리하다. 그것이 대한민국 모든 학생을 붙들고 있는 대전제다.

공책

어릴 때부터 이상한 습관이 있었는데, 공책을 쓸데없이 많이 사는 것이 특히 그랬다. 내 책상 주변에는 한두 장 쓰다 만 공책이 수북이 쌓여 있는데도 새로운 계획을 그럴듯하게 세우느라 다른 공책의 맨 첫 장부터 쓰곤 했다. 돌이켜보면 참 어렸구나 생각이 들면서도, 그때의 심리를 떠올려낼 수는 있다.

공책은 나에게 두서없이 떠오르는 생각들을 하나로 묶어주는 도구였고, 그래서 무의식적으로 중요하다고 여기게 되었나보다. 공부를 지겹도록 하면서부터는 점점 엉뚱한 생각을 하지 않게 되어 그런지는 몰라도, 더 이상 공책만 보면 사고 싶은 마음은 없다. 어릴 때 사둔 공책들이 아직도 내 방에 남아 있기 때문에 '저걸 또 산다면 난 아직도 어린 거야' 하면서 지나칠 뿐이다. 그런데 가끔은 그렇게 쓸데없이 공책들의 두께와 마감과 재질을 유심히 들여다보면서 무엇을 살지 고민하던 기억들이 순수했던 때문인지, 무지했던 때문인지, 그리워진다.

우리의 취미는 다 어디로 갔을까. 실없거나 변변찮은 습관, 취미, 버릇들을 우리는 저마다 많이 지니고 있었을 텐데. 학교 앞 문방구에서 딱지를 사다 모으고 화장실에서 전쟁을 벌이고 누구의 좋아하는 감정을 놀려대던 우리의 작고 의미 없는 놀이들이 이제 점점 그리워진다. 이제 우리에게 남은 것이라고는 수업 내용을 잘 정리하는 방법, 중요한 수업에서 졸지 않는 법, 다른 아이들이 떠드는 옆에서 집중하는 법 따위가 전부다. 자신의 일부를 하나둘씩 가만히 내려놓고는, 안개에 싸인 대입 속으로 걸어들어간다.

어릴 때부터 남들 다 다니는 학원에 가는 대신 태권도와 피아노를 배웠다. 사실 이 두 가지는 배운다기보다 익힌다는 표현이 더 맞는다. 머릿속에 잘 정리하면 되는 지식이 아니라, 내 몸에 새겨넣고 연습해야 하는 것이기 때문이다. 그때는 태권도 피아노 미술학원이 함께 자리 잡은 복합 건물로 다녔다. 피아노학원에서 만난 어떤 애가 미술학원에도 다닌다고 하면 부모님을 졸라 미술학원도 다니고 하는 분위기였는데, 그래서인지 학원 세

개를 전부 다니는 애는 뭇 아이들의 부러움을 샀다. 또래들이 모여들고, 조금 더 큰 형과 누나들을 만나기도 하는, 학교 같은 곳이었다.

중학생이 되면서 주변에서는 취미로 뭔가를 배우는 친구들이 점점 없어졌다. 누구는 체르니 40번까지 배우다 그만뒀다고 하고, 누구는 태권도 2품을 따고 그만뒀다고 했다. 이젠 공부해야 할 때라고 했다. 그렇게 고등학생이 될 때까지 나는 또래들을 거의 도장에서 보지 못하게 됐다. 같이 4품을 따자고 약속했던 어떤 동생은 도장을 그만두고 과학고에 조기 입학했다. 이제는 같은 반에서 음악 하는 친구는 찾아보기 어렵다. 체르니 30번까지 했다는 어떤 친구는 이제 코드도 연주할 수 없다고 한다.

다른 학생들에 견주어 취미가 여러 가지였다. 어떻게 보면 공부하는 데 시간을 덜 썼다고 할 수도 있다. 피아노, 가야금, 프로그래밍, 마술, 작곡 등등. 이제는 취미활동을 더 할 만한 시간도 없고 여력도 없지만, 그래도 하고 싶은 것은 모두 해봐서 후회는 없다. 적어도 나중에 어릴 때 하지 못했던 취미 활동 때문에 후회하지는 않을 것 같다.

그런데도 학교생활이 이렇게 둔탁하고 삭막하게 느껴지는 이유는, 어릴 때 친구들과 공유하고 수다 떨었던 많은 취미들, 거기에서 불거진 유치한 논쟁들이 이제 철이 들어서인지 아니면 시간이 없어서인지 사라졌기 때문이 아닐까. 즐길 수 있는 무언가가 이제 몇 남지 않았다는 사실은, 생각할수록 슬픈 일이다. 동그란 딱지와 네모난 딱지 중 어느 것이 더 센지, 누가 더 품새를 잘하는지, 누가 학교에 큐브를 들고 와서 누가 맞추었는지, 이제는 우리 모두의 관심에서 점점 멀어져간다. 그저 추억으로 남은 취미들이 그립다.

나무

어느 저녁, 어머니의 차를 타고 집으로 돌아가는 길이었다. 보통은 피곤하기도 해서 의자를 뒤로 젖힌 다음 집에 도착할 때까지 자면서 가는데, 그날은 왠지 잠이 오지 않아서 라디오를 틀어놓고 밤 풍경을 바라보았다. 그런데 신기하게도, 매주 잠든 채로 지나쳤던 길이 어쩐지 낯설었다. 특히 끊임없이 스쳐 지나가는 가로수들을 보면서는 뜻 모를 괴상함까지 느꼈다. 나는 아마도 밤에 보는 나무에 익숙지 않기 때문이라고 생각했지만, 보면 볼수록 늘어선 나무들의 모습이 이 세상 것이 아니라는 생각이 들었다.

나무 밑동은 어둠에 잠겨 거의 보이지 않고, 윗부분은 가로등 불빛에 희미하게 비쳐 음영이 뚜렷이 구분되던 그 밤, 나는 나무들의 모습에서 아름다움을 느꼈다. 마치 가우디의 성당을 바라보는 듯한, 학교에 있으면서 보던 직선들이나 딱 맞아떨어지는 곡선들과는 전혀 다른, 새로운 세계를 마주하는 기분이랄까. 학교에도 물론 나무가 많지만 주로 낮에 마주하기 때문에, 나는 나무들의 색다른 면모를 모르고 지나쳤던 것이다. 그 후로는 야간 자율학습이 끝나고 기숙사로 돌아가는 길에도 나무들을 유심히 보게 되었다. 나만의 비밀이라도 되는 양, 한번 쓰윽 훑어보고는 만족을 느끼는 것이다.

그날 저녁 끝없이 늘어선 가로수들의 윗부분을 바라보면서, 나는 무심코 지나치는 것들의 숨겨진 아름다움과 처음으로 마주쳤다. 아주 평범하고 익숙한 것일지라도 다른 시간, 다른 장소, 다른 상황에 나타나면 언제든 그 의미가 바뀔 수 있는 것이다. 나무는 그렇게 세상을 바라보는 새로운 눈을 나에게 선물했다. '아낌없이 주는 나무'가 맞는 표현인 듯하다.

기억을 찾아주는 노래들

그때, 그 노래

언젠가 라디오에서 흘러나오는 낯선 노래를 부모님이 당신이 중학생 때 나온 노래라며 반가워하시던 일을 기억한다. 요즘은 내게 그런 노래들이 점점 생기는 걸 보니, 나도 조금은 나이를 먹었나 보다. 내가 다니는 고등학교에는 기숙사가 딸려 있는데, 중학교 졸업하고 입학하기 전에 잠시 운영하는 예비학교라는 방학 프로그램이 있었다. 그때 처음으로 이 학교에 들어왔는데, 지금도 거기서 흘러나왔던 기숙사 기상송을 들으면 예비학교 때 느낀 감정들이 문득 생각나고는 한다.

자이언티의 〈노래〉, 에일리의 〈첫눈처럼 너에게 가겠다〉, 크러쉬의 〈Beautiful〉 등이 있었는데, 이 노래들을 들으면 보통 노래를 들을 때처럼 가사가 들리는 것이 아니라, 기상송이 흘러나오는 기숙사 방에 누워 있는 듯한 착각에 빠진다. 이불 속에 있는 푸근한 느낌과 함께. 친구들은 〈노래〉가 어디서든 나오기만 하면 싫어했다. 아침마다 잠 깨라고 나오는 소리니 좋을 리는 없었겠지만. 그런데 친구들이 싫어하던 일마저 이제는 추억이 되었다. 처음 야자를 하던 때의 긴장감과, 다른 친구들 다 하는 대회에 등 떠밀려 참가하던 일들, 어쩌다 마음에 드는 기상송이 나오면 끝날 때까지 씻기를 미룬 채 눈을 감고 듣던 일들이. 그때의 기상송들이 나에게 주는 의미는 크다. 초심을 기억하게 해주고, 비록 잠깐이지만 다시 배울 의지를 일으켜 세워준다. 처음 고등학교에 들어와서 느낀 떨림과 설렘 같은 감정들을 나는 이 노래에 아직도 간직하고 있다.

초심이라는 단어가 의미하는 바를 고3이 다 되어가는 이제야 조금 알 것 같다. 어른들이 말하는 '나도 그런 적이 있었는데' 하는 느낌을 말이다. 아마도 후배들을 보면서 그런 것이 아닐까. 부족하지만 아직 순수한 모습을, 내가 왔던 길을 따라 걷고 있는 후배에게서 보았다. 격려해주고 용기를 주고 싶다. 그 길이 힘듦을 알고, 앞으로 더 힘들 것임을 나는 아니까. "좋을 때다." 길거리에서 문득 말을 걸어와 당신의 인생을 굽이굽이 풀어내는 낯선 할아버지의 마음을 이제는 조금 이해할 것도 같다.

노래가 내 인생의 일부와 결합해서 기억으로 남은 것을 이제 나도 느낀다. 나도 훗날 이 노래를 듣고 내 자식에게 "이 노래, 아빠 고등학교 기숙사 기상송이었는데" 하지 않을까. 물론 알지 못할 것이다. 내가 오래된 그리움으로 그 노래들을 호명하고 있다는 사실을, 나도 지금 바로 이렇게 '학생'이던 시절이 있다는 것을, 그래서 기상송이 나오는 좁은 기숙사 방에서 눈 비비며 일어난 적이 있다는 것을. 나의 자식들도 아주 오래 뒤에 이렇게 깨달을 것이고, 그렇게 우리는 늙을 것이다. 우리는 모두 늙는다. 저마다의 추억을 노래에, 사진에, 아니면 다른 곳에 간직한 채로. 늙어도 슬프지 않을 것 같다. 늙는 게 이렇게 추억을 하나씩 주워 담는 일이라면.

지갑

나는 어릴 때부터 칠칠맞지 못해서 지갑을 몇 번 흘리고 다녔는데, 그중 완전히 잃어버린 것만 서너 개다. 내 짧은 인생의 첫 지갑은 검은색 원숭이가 그려진 검은색 캐릭터 지갑이었는데, 생각해보면 꽤나 오래 쓴 것 같다. 지갑을 열면 가운데에 작은 동전지갑이 딸려 있다는 점이 좋았는데, 분리되기 때문에 동전만 들고 다닐 수 있었다. 지금은 동전만 들고 다니면 무엇 하나 살 수 있는 게 없지만 그때는 이것저것 100원짜리 불량식품이라도 사 먹을 수 있었다.

그런데 오래 썼더니 이 동전지갑이 지갑 본체에서 떨어지고 말았다. 거의 2년을 쓴 싸구려 지갑이 성할 리도 없겠지만, 떼었다 붙였다 하는 맛이 없으니 어린 마음에서는 안 될 노릇이었다. 동전을 지폐 넣는 곳에 넣을 수도 없어서 생각해낸 방법이라는 게 지폐를 동전지갑에 같이 넣고 다니는 것. 그때부터 내 지갑은 아주 작아졌다. 나름대로는 괜찮은 생각이었지만, 나중에는 그 좁은 곳에 지폐를 구겨 넣으려고 되레 동전을 빼는, 주객이 전도되는 상황까지 이르렀다. 그저 새 지갑을 사면 되는 일을 가지고 그렇게 답답하게 살았다.

　지금 생각해보면 어리석은 일이지만, 나는 그때의 내 행동들을 이제 이해할 것도 같다. 원숭이 지갑은 나에게 새로 사면 그만인 싸구려 지갑이 아니라, 내 첫 번째 지갑이었다. 그 어린 내가 이제 나도 돈을 갖고 다닐 수 있다고, 내 지갑이 생겼다고, 친척들에게 자랑하고 다니던 기억을 떠올리면 이 지갑에 없던 애정까지 생기려고 한다. 천 원짜리 몇 장이 생기면 온 시장을 돌아다니며 무엇을 살까 행복한 고민을 하고, 결국은 마트에 들어가 과자 한 봉지 사면 다였던 것을. 그때는 지갑이 두툼하지 않아도 주위에서는 어린 나에게 관심을 보내주었고 그에 따라 느끼는 행복이 있었다. 무엇을 사도 몇 개 더 얹어주고, 때로는 그저 웃으며 거리를 돌아다녀도 과일 몇 개 건네주는 과일가게 아주머니가 있었다. 그렇기에 내 지갑은 작지만, 컸다. '어림'이라는 가치로 가득 찬 지갑이었다.

내가 태어나서 처음 썼던 내 물건들을 이렇게 떠올려보면, 그때는 내 것에 대한 애정과 자부심이 있었음을 깨닫게 된다. 작지만 의미 있는 물건들, 가진 것 없지만 지금보다 더 가진 것 많았다고 생각한 그때. 그리고 지금 내 것보다 남의 것, 과분한 것들을 탐내고 있지는 않은지 되돌아보게 된다. 내가 가진 것이 말 그대로 나만의 것이라는 것, 그 소소하지만 중요한 기쁨을 자라면서 점점 잊어가는지도 모른다.

나만의 어른다움'학'

어른스러움을 향한 소박한 연구

　아무리 생각해도 나는 어른스럽다는 말을 '너무' 많이 들었다. 이것을 의식하게 된 계기는 바로 택시를 탈 때마다 듣는, 이런 말 때문이다.

　"학생답지 않게 어른스럽네 말투가!"

　그렇다. 어쩌다 택시를 탈 때면 나는 이와 비슷한 말을 자주 듣는다. 왜 하필이면 택시인가. 처음 보는 사람들이 한결같이 내게 말할 만큼 내가 어른스럽다는 뜻인가? 내가 스스로 어른스럽다고 자랑하거나 떠벌리려는 것이 아니라, 이제는 비슷비슷한 말들에 조금은 반항심을 느끼는 지경에 이르렀기 때문이다. 몇 달 전에도 택시를 탔더니 어김없이 기사님이 말하기를 내 말투가 전역한 군인의 말투 같다고 했다. '군인'의 말투. 과연 군인의 말투는 무엇일까. 내가 각 잡힌 투로 말을 던졌다는 말인가. 기분이 언짢아졌다. 이런 상황은 부모님과 동행해서 새로운 어른들을 만날 때도 똑같이 벌어진다. 그저 나답게 행동했을 뿐인데 어른스럽다는 말을 듣는다. 그리고 고등학생에게는 그저 겉치레로 어른스럽다는 말을 하지 않는다는 걸 안다.

중학생 때는 칭찬으로 받아넘기곤 했는데, 고등학생이 된 후로는 어른스럽다는 말이 왠지 이상하게 들렸다. 왜 나는 어른스러운 걸까. 마치 내가 내 나이에 어울리지 않는다는 말처럼 들렸다. '너답지 않아'가 아니라 '너한테 어울리지 않는 옷' 같은 느낌이었다. 어떻게 받아들여도 느낌이 이상했다. 어른스럽다는 말은 분명 칭찬인데, 마음속에서는 비꼬는 거라고, 사실은 진심이 아니라고 외쳐댔다. 그래서 이 거북한 칭찬에 품게 된 까닭 모를 거부감의 원인을 나름대로 찾아보려 했다.

어린 시절에 부모님 손잡고 가다가 누구를 만나면 어른스럽다는 말을 듣기도 한다. 나도 부모님 곁에서 어른스럽다는 말을 들은 기억이 있다. 중요한 것은, 이때 어른스럽다는 표현이 실제로는 예의상 하는 말에 불과한데, 이런 말에 익숙하지 않은 아이는 부모님의 멋쩍은 반응을 보고 칭찬으로 인식하게 된다는 점이다. 그래서 우리가 '어른스럽다'는 말에서 처음으로 받는 인상은

'칭찬'이다.

그런데 점점 자라면서 어른스럽다는 말이 실제로는 겉치레에 불과하다는 사실을 조금씩 깨닫게 되고, 동시에 자라나는 아이에게 이런 말을 하는 사람도 적어진다. 그런데 나는 자라면서도 어른스럽다는 말을 계속 들었고, 심지어 최근에는 더 자주 듣는다. 왜 이럴까.

어른이 고등학생에게 어른스럽다고 말하는 경우는 흔치 않다. 산더미 같은 공부량에 떠밀려 부모님 말고는 다른 사람을 만날 여유도 없거니와, 부모님과도 거의 대화하지 않는 학생이 많다. 곧 진짜 '어른'이 될 사람에게 어른스럽다고 하는 것도 뭔가 이상하다. 왠지 어른이 될 준비가 잘되었다는 말처럼 들린다. 그러므로 이런 모든 어려움과 불편함을 뚫고 고등학생이 어른스럽다는 말을 들을 때는, 그에 걸맞은 이유가 있다. 그렇다면 어릴 때 듣던 형식적인 칭찬보다는 진심이 담긴 칭찬으로 받아들여도 되지 않을까. 그런데 왜 이렇게 불편한 걸까.

최근에 인상 깊게 읽은 프로이트의 《꿈의 해석》에 따르면, 인간에게는 의식과 전의식, 그리고 무의식이 있으며, 순간적인 판단이나 대상에 대한 막연한 인식은 무의식의 영향을 크게 받는다. 무의식은 꿈에 직접적으로 관여하며 개인이 흡수하는 모든 자극을 뒤틀리고 추상적인 메타포로 전환한다. 이 과정에서 개인이 보고 들은 내용은 무의식의 일부가 되어 전혀 엉뚱한 곳에서 영향력을 행사하기도 한다. 나의 무의식이 '어른스럽다'는 자극을 어떻게 해석할지 생각해보았다.

① 어른스럽다는 말은 아이 때 많이 듣는 말이다.
② 주로 어른이 아이에게 형식적으로 하는 말이다.
③ 아이들이 자라나 학생이 되면 더 이상 듣지 않는다.
④ 내 주변에는 이런 말을 듣는 아이들이 적다.

내 무의식은 다음과 같이 해석한다. 해당 표현은 나와 내 또래들이 공통적으로 듣던 형식적인 표현이지만, 이제 내 주변 또래들 중에는 자주 듣는 경우가 없다. 그러므로 '어른스럽다'는 표현은 역설적으로 어린 상태와 연관이 있다. 주변 아이들 중에 나만 이런 말을 계속 듣고 있으므로, '나는 남이 보기에 아직도 어리다'.

물론 내 의식은 이렇게 해석하지 않고 멋쩍은 칭찬으로 받아들일뿐더러, 이렇게 뒤틀린 생각으로 해석할 이유도 없다. 그런데도 어른스럽다는 말에 막연한 부담을 느끼는 이유는 아마도 무의식 때문이 아닐까. 프로이트의 책을 읽기 전에는 이런 생각을 해볼 수도 없었다. 어른스러움이라는 긍정적인 표현이 내게 거부감을 불러일으킨 것은 결국 나의 무의식 때문이었을 것이다.

무의식은 보고 들은 모든 것을 마음 한구석에라도 간직하고 있는, 우리의 또 다른 인격이다. 오래전 방문한 곳이 꿈에 나오거나 아주 사소한 경험이 과장되는 꿈을 꾸는 것도 모두 무의식이 존재함을 보여주는 증거다. 우리의 무의식은 마치 무수한 작업 파일들 속에 정리되지 않고 남아 있는 폴더와 같아서, 언제라도 우리의 선택에 결정적인 역할을 할 수 있다. 어떤 이를 알려면 그 사람의 친구를 보라는 것, 결혼할 때는 상대의 부모를 꼭 만나라는 것 같은 격언 아닌 격언은 모두 사람의 경험에 바탕을 두고 있다. 경험이 중요한 이유는 바로 그 경험이 곧 나이기 때문이다. 내가 경험한 모든 것이 모여서 내가 되고, 또 다른 사람들에게 전파된다.

이런 생각을 하다 보면, 보고 듣는 것과 행동을 자연히 조심하게 된다. 내가 오늘 들은 사소한 내용 하나가 내 인생을 바꿔놓을지도 모르고, 내가 뱉은 말 하나가 다른 이의 인생을 얼마나 바꾸어놓을지도 모르는 일이다. 지금 이 순간에도 쏟아져 들어오는 여러 자극 중에서 좋은 경험과 생각을 내 무의식 속에 잘 넣어두고, 또한 다른 이에게는 잘 분별하여 선사하는 것, 그것이 정말 어른스러운 일 아닐까.

　어른스러운 것과 어른다운 것은 다르다. 둘 다 비슷한 의미지만, 어른스럽다는 표현은 성인이 되고 나면 더 이상 들을 수 없는, 마치 인성의 필즈상 같은 말이다. 수상 자격을 박탈당하기 전에, 진짜 어른이 되기 전에, 미리 어른스럽다는 말 한번 들어보자. 어른스러워지는 일은 선행학습을 해도 좋으니까.

두 번째 파장
:시

1장
삼파장 형광등

조각가

누군가의 코를 틀어막던 휴지

새벽녘에 붉게 치장하고

밤새 말라 모로 누웠다

누군가의 조각이다

누군가의 동맥을 수백 번 진동케 하던

뱉어낸 생명의 조각이다

우리는 정녕 스스로를 깎아가며

머릿속에 무엇을 집어넣고 있나

우리의 몸에 영혼을 불어넣고 있나

어느 뗀석기 사람의

손에 쥔 주먹도끼처럼

깨고 부서뜨려야 쓸 만한 것인가

다비드상도 저의 폐에서

회반죽 가루를 뱉어내며 생겨났던가

아! 이제 주먹도끼는 야만의 상징이다

누가 이것을 도구라 부르겠느냐

뭉툭함과 뾰족함의 적절한 조화를

짓이기거나 빻거나 찍는 데 쓰는 것을,

우리에게 필요한 것은 차라리

둔중한 바윗덩어리나 번득이는 날붙이다

인간

로봇 901은 외곽의 조립 공장에서 일어섰다.

작은 상자 모양의 인격체는 주변을 둘러보다 로봇 681을 발견했다. 로봇 681은 그와 다른 모양이었는데, 생김새로 보아 걸을 수 있는 개체인 듯하다. 681은 깊은 잠에 빠져 있다. 그의 외관은 녹슬고 나사가 수어 개 빠져 볼품없을뿐더러 제 기능을 할 수 있을지도 명확하지 않다. 901은 곧 자신이 서 있는 곳이 공장이 아니라 창고임을 알아차린다. 그 순간, 몸 안에서 경고음이 울리기 시작한다. 이것은 무엇을 위한 경고음일까, 하고 901은 생각했다. 알 수 없었다. 진동이 느껴진다. 미세하지만 명확한 진동은 점점 커져 창고를 조금씩 흔들고 있다. 나갈 방법을 찾아야 한다고 901은 생각했다. 경고음이 꺼졌다. 그러나 진동은 더욱 커지고 있다. 플래시를 비추고 출구를 찾던 901은 빛줄기를 발견하고 본능적으로 몸을 이끈다. 문틈으로 빛이 새어 들어오고 있다. 901은 빗장을 발견한다. 아니, 그것은 빗장의 역할을 수행하기에는 미치지 못하리만큼 느슨하다. 그러나 901은 그것을 열 방법을 찾을 수 없다. 진동이 더욱 커진다. 901은 곧 자신이 몸을 가누기조차 어렵게 되리라는 것을 직감한다.

로봇 902는 외곽의 작은 창고에서 일어나 구석에 처박힌 로봇

901과 기타 900개의 로봇들을 발견한다.

반쪽

반쪽짜리 이상과
반쪽짜리 가을이
서로 부대끼며 싸운다

가을이 떨어지려고 한다
추락하려고 한다

반쪽짜리 이상은
하찮은 승리를 만끽한다

곧 겨울이
떨어질 것이다

이상 위로
털썩
주저앉을 것이다

이상은 가을처럼

떨어질 것이다

반쪽짜리 이상은
추락하려고 한다.

까치

부연 아침 공기를 가르며
까치가 창가에 앉았다
너도 나처럼 먼지 마시며 사는다

새하얀 먼지 구덩이에서
바위 쓸며 사는다

날며 휘두른 발길질에
잎사귀도 채이고
잎사귀에 먼지도 채이고
먼지에 바닥도 쌓이누나

먼지 쓸며 사는 까치 쌍둥이
먼지 쓸며 사는 가을 까치 쌍둥이

빈 까치집에도 이제
부연 아침 먼지가 앉으려 한다

수면욕

자고 싶다
미칠 듯이 자고 싶다
모로 누워 새우잠 자는 자취생이고 싶다
아무 일 아니하고 아무것 보지 아니하고
쉬운 시험 어렵게 보는 나이고 싶다

자고 싶다
자고 싶다
자고 싶다
되뇌는 지금
아무도 나의 수면을 보장해주지 않는다
지금 명확히 일어서는 난쟁이의 시간
이제 다시 일어서지 못하는 의식 속으로
까무러치는 사내의 아침

단잠 자는 학생의 비트적하는 걸음
거리에 쓰러지는 지금이고 싶다

구비문

응애응 하는 소리
엄마 부르는 소리
아기 어르는 소리
걷는 발자국 소리
모래 흐르는 소리
스르륵 훅 투두둑

친구 부르는 소리
어머니 하는 소리
글씨 써보는 소리
무른 뜀박질 소리
모래 흐르는 소리
스르륵 훅 투두둑

버스 오르는 소리
주먹 지르는 소리
피아노 치는 소리
책장 넘기는 소리

모래 흐르는 소리
스르륵 훅 투두둑
스르륵 훅 투두둑

가만히 앉은 소리
가만히 보는 소리
가만히 푸는 소리
너 가만히 가만히
가만히 가만히 너
밤에 잠기는 소리
울음 삼키는 소리
응애응 하는 소리
그리고 다시 너의
침묵하는 그 소리
소리 침묵하는 밤
밤이 삼키는 소리
너 아무런 소리도
내지 않는 열대야

더운 모래가 문득
쏟아지는 툭 쏟는

후두둑후두둑 툭

밤

갈필

마른 습자지에 너의 마음을 써라
갈라진 붓으로 불타는 화염으로 써라
가뭄 강가에서 버드러진 갈댓잎 꺾어 써라
텅 빈 바람의 숨결로 마음을 깎아 먹을 삼고
이리 또 저리 휘는 갈대 부여잡고
마른 습자지에 너의 마음을 써라

사인적분값마이너스코사인플러스적분상수
우리점점신명이난다고함은절망의역설이다
제오형식문장은주어동사목적어목적격보어
부력의크기는유체의밀도와물체의잠긴부피
제일차모의평가결과백분위구십팔점공이사

허청이는 갈대숲의 일원은 슬피 우는다
바람에 이리저리 기울며 홀뚜기 따라 부는다
갈대 피리 불며 너의 마음 심자
마음 심은 데서 마음 나지 아니하겠느뇨
갈라진 붓에 마음 한껏 찍어

너의 대지에 붙이고 찍고 써라

갈대숲에서 나는 탈출한 갈대가 되리다
대숲에서 나는 자라난 송이 되리다

그늘

빛아 그늘에 비춰지 마라

아무나 너를 좋아하는 것 아니다

누구나 따뜻하고 싶은 것 아니다

그늘에 살아 빛이 그리운 이는

이미 빛으로 찾어가고

빛에 살아 빛이 좋은 이는

그늘로 찾어가는 게 아니다

부족한 조금의 빛과 그늘은

바람 건듯 불게 하여 두고

빛아 그늘에 비춰지 마라

그늘에 매인 사람은

간간이 보는 빛이 두렵다

눈멀까 두렵고 겉 탈까 두렵다

매인 것 풀릴까 두렵다

슬플까 두려워 슬픈 것 아니다

번데기

좁은 곳에 꼬옥 틀어박혀
삼 년을 꼬박 새우면
훨훨 나는 나비가 된댔다
땅을 기며 풀 뜯는 벌레가
봄꽃 단물 대롱 따라 마시는
나비가 된댔다

그런데 이 년 동안
너무 많은 고치가 땅에 떨어졌다
지빠귀 날갯짓에
비 퍼붓는 밤에
또 어떤 고치는
조용히 안에서 말랐고
너무 일찍 나와 머리부터 뜯어지고
어린애 장난 묻은 손길에
창자가 찢어졌다

이 년이 지나는 동안

이제 온전한 고치는 몇 없다
저 나비는 곧 날개를 절 것이고
저 나비는 날 때부터 주둥이가 꺾였고
이 나비는 저 형제 상하는 꼴에
마음이 문드러졌다

훨훨 나는 나비가 된댔다
삼 년을 잘 버티면
몸도 마음도 성치 않은 번데기에서
아름다운 나비가 나온댔다
아름다운 나비가.

지하철

사람을 먹고 사람을 뱉는
전설 속 고래가 땅 밑에 산다

흑암에 젖은 길다란 위장 사이로
이따금씩 번득이는 변이 미끄러진다

사람은 어디로 와서
또 어디로 가는지

철로 위에는 먼지 자욱하니
시답잖은 발자국만 곯아떨어지는데

꾸벅이는 크릴 새우들은
아무는 상처만 거듭 후빈다

머리만 쳐들고 가만 앉았다 가는
야행성 먹이들의 모습이란 가혹하다

시간도

고래도 쉬지 않는다

처방

앉았다 밥을 먹고 또 앉으면
어디라도 아픈 사람 같았다

식전과 식후 삼십 분 한 포씩의
좌(坐) 처방을 받은 사람이
누구도 모르는 어디가 시리고 아파서
하루 꼬박 삼 회를 앉았다

앉은 데가 더 아프다고
약이 잘 듣지 않는다고
아픈 데 없는 사람은

기어코 하루 육 회분의
좌(坐) 처방과
또 무슨 약 꾸러미를
기쁘게 받아 들었다

암시

거리에가던마차가멈춰선집앞은안개로뒤덮이다
마차는마치공중에던져진포탄처럼검고그을리다
안개속에서신사가마차에올라타며크게소리치다
내일은마차가이집앞에서지도안개가덮지도않다
마차는다시화약을가득싣고거리를미친듯이가다
다른집앞에서다른신사가또다른마차에올라타다

심야 경마

아아, 우리의 목재 차안대를 쓸 시간이다
앞으로, 아니 뒤로 달리자
그래 오늘 밤에는 봉선(奉先)의 적토(赤菟)가
붉은 경주를 하거라
달리는 발굽은 아하하 우리였으니
하룻밤 사이에 천 리를 가자 우두두
하룻밤 사이에 천 리를 가자 우두두
아아, 천 리를 가는 말은 정녕 없도다

허용된시야는후면뿐이었소
허용된시간은다섯뿐이었소
허용된자세는하나뿐이었소
온전히온전히
허용된휴식은애초에없었소

검붉은 경마권은 절찬리에 팔린다

퇴적암

학교,

이 짠맛의 찬 바다는

끊임없이
오래된 지식의 퇴적물을
심해로 내려보낸다

좁은 강이 쓸어오는,
뭍으로 드러난 바위의
깨지고 부서진 조각들을

깊고 고요한 평원에서
우리는 천천히 솟아오른다
곧 저 건조한 수면 위로 떠올라
오래된 찌꺼기로 감싼
피부 속에서 살아남기 위해

우리도

햇빛에 갈라지고 부서지며

차가운 파도를 맞을 것이다

해저의 바위를 먹이던

그 바다의 파도

2장
사색의 조건

안정감

저녁을 먹고 양치를 한 다음 공부할 책들을 챙겨 계단을 내려가 문을 열고 문을 닫고 자리에 앉아 가방을 벗고 책을 펼친 그 순간, 오늘도 똑같은 자리에서 똑같은 자세로 똑같은 시간 동안 있어야 한다는 뜻 모를 불안감과 분노에 사로잡혀 종이 치고 칸막이 옆에 사람이 채워지고 날이 어둡고 삼파장 형광등이 켜진 그때, 내일 치를 시험이 있음에도 책을 덮고 친구의 자리로 다가가 잠깐 나가자고 물어보는데, 흔쾌히 수락하여 문을 열고 문을 닫고 다시 문을 열고 문을 닫고 바깥으로 나가 피어오르는 달밤의 내음을 맡으며 침묵하는 그때, 역시 혼자가 아니었다고 자신에게 당당히 말할 수 있어서 좋았다고 말하는 그때, 먼 고가도로를 지나가는 차 소리가 전하는 근원 없는 안정감. 취한다, 이 분위기에

기린

자빠지는 기린처럼
우리는 청춘을 보낸다
무엇이 나를 넘어지게 하는지도
내가 어디에 있는지도 모르고
하늘 위에만 시선을 두다가
그대로 넘어진다

인생이라는 것에
반환점이라는 것이 있다면 아마
기린들이 넘어지는
그 순간이 아닐까

옆에서 누군가 넘어지면
그걸 또 멍하니 쳐다보며 걷다가
나도 어딘가에 걸려버리는 것

그래서 우리는 한 마리의
기린이다

의식의 흐름

책상에 앉아서 글을 쓴다

책에서 호랑이 한 마리가 튀어나온다

저 호랑이는 어느 대륙에 사는 호랑이인가

아프리카인가

아프리카는 왜 그런 모양으로 생겼을까

나도 몰라

지구가 생길 때 판게아라는 게 갈라졌다나

판게아 대륙이 있었을 때는 호랑이가 살았을까

그때 내가 책상 앞에서 호랑이를 봤다면

똑같은 생각을 했을까

애초에 생각한다는 건 뭐지

내가 보는 것에 대해 반응하는 것인가

눈앞의 호랑이가 보인다고 착각하는 거라면

나는 사실 생각하고 있지 않은 것인가

보이지 않는 것에 대한 고찰은 의미를 갖는가

사랑은 또 어떤가

사랑한다는 건 뭐지

많이 아껴주고 생각하고 배려하는 것인가

그럼 우정과 다른 게 뭐지

우리는 사실

하나인 사랑과 우정을 굳이 떼어낸 게 아닌가

이런 생각을 하자면 어김없이 나의 시야는

우리 집 앞의 담벼락으로 내려선다

담돌 사이에 줄장미와 담쟁이와 민들레가 피고

또 그 사이로 앉거니 뛰거니 하는 고양이들과

무어라고 읊으며 날아다니는 새들과

또 그것을 흐뭇한 표정으로 바라보는 누군가

현실과 이상은 분리될 수 있을까 하는 생각은

내 머리에서 날갯짓하며 맴돈다

책상에 앉아 있는 나에게

돌아가고 싶지 않다는 생각을 하는 찰나의 순간

의식해버렸다

나의 존재를

호랑이는 아직도 나를 바라보고 있는가

아니면 내가 나를 바라보는 호랑이를 만들었나

무엇이 진짜인지 알 수 없다

사색의 조건

창틀, 벤치, 산책로, 마루, 고양이 집 앞
비 올 때는 정류장도 포함
가만히 서서 또는 앉아서 또는 누워서
생각 또는 멍 때리기 또는 관찰
그리고 나서는 멍 때리기
적절한 소리는 필수,
적절한 밝기는 선택
이어폰은 추천하지 않는다.
햇볕이나 새소리나 비가 떨어지면 최고 등급
새벽이거나 바람이 불거나 혼자라면 적절
좋은 음식이나 좋은 친구면 가능한 정도

의식의 흐름을 찾는 게 먼저,
그다음은 상상하기
라따뚜이에 나오는 스쿠터 모양부터
파푸아 뉴기니에는 화산이 있을까
시스네로스로 귀환하는 생텍쥐페리와
오디세이아 세이렌의 노래 흥얼거리기

모든 생각은 놓치지 않을 것,
그러나 적절히 흘려보낼 것
생각을 필요한 만큼 편애하되,
너무 감성에 젖지 않을 것
그리고

필요하다면 그만둘 수 있을 것

향수

무지했던 나의 유년과

그때의 추억들과

비탈길 위의 인조잔디 운동장과

먼지 쌓인 온실과

오래된 히말라야시다들과

아 나는 그 나무들을

진정 껴안아보지 못하였다

친구들과

꽃들과 풀들과

미로 같은 계단들과

강당과 그 뒤켠의 비밀 공간과

숨겨진 지름길과 복도와

내가 차마 발견하지 못한 정원과

부활절 달걀과

내 손 잡고 걸었던 선배들과

어두운 과학실과 좁고 긴 보건실과

소독약 냄새가 풍기는 보건 선생님과

가야금 퉁기는

저편에서 해금 켜는 아이들과
학교 앞에서 먹던 불량식품과
수줍은 미소와
설익은 감정이거나 어리석음과
그리움과
나는 함께하였다

그 모든 것이
내가 기억하지 않으면
누구도 기억하지 못할 것들이다

사막

낡은 석탄 램프 속으로
뛰어드는 잠자리
하나
둘

가장 숭고한 언어로
내게 종말을 예언한다
비투항지대의 파도와
단봉낙타 부대의 새벽 행군이
이제 곧 시작되려고 한다

불속으로 뛰어드는 우리는
이제 모든 사람에게로 나아가자

그리하여
사막의 모래 바닥을 진동하게 하고
손잡은 생명을 지키고
잠자리 한 쌍의 결혼 비행을 축하하자

타 스러지는 석탄 램프 속 단말마가
보나푸의 행군 나팔을 분다

사람을 사랑할 때가 되었다
사람을 사랑할 때가 되었다

기다림

피할 수 없는 기다림이라면
즐겨라
허투루 주어진 기다림이 아니니

창밖을 보고
주위를 살피고
발밑을 관찰하라

기다림이 끝났을 때
좋은 기다림이었다고
말할 수 있는 무언가를 찾아라

기다림의 가치는
마르기 직전의 그림처럼
끝나기 직전에
찬란히 빛난다는 데에 있다

기다림을 잘 말려라 햇볕에

섣달그믐

잠깐 피었다 지는 꽃이라 내려 보지 마라
싹 틔우려 두꺼운 땅 뚫으며 자랐나니
사람 마음같이 두터운 땅 조금씩 녹이며 자랐나니

잠깐 울다 떨어지는 매미라 얕보지 마라
여름 한 철 울다 가려 칠 년을 기다렸나니
사람 마음같이 갑갑한 땅에서 그렇게 기다렸나니

잠깐 물들다 흩날리는 단풍이라 함부로 밟지 마라
겨울나무 발 시릴까 홀로 떨어지나니
사람 마음 시릴까 홀로 뜯어지나니

잠깐 띄웠다 지워지는 섣달그믐 마음대로 잊지 마라
일 년 가는 길 마중하려 어렵게 띄웠나니
사람 가는 길 배웅하려 어렵게 발 디뎠나니

잠깐 있다 가는 것 항상 다시 오나니
그대는 잠깐 있다 가는 것

다시 마중한 적 있나뇨

다시 사랑한 적 있나뇨

폭죽

미군 기념일이거나
크리스마스이거나
새해가 밝을 때였다
보채던 손으로 불을 띄워
하늘에 수를 놓았다
어머니의 십자수를 떠올렸다
물길과 물레방아와 멋들어진 집이
가득 들어찬 프레임
나는 비툭한 코 하나에
바늘을 걸듯이 불을 꽂았다
떼어내는 대신 쏟아놓기 위해
때로는 새기고 덮는 일에
만족해야 한다는 마음으로
투드득 펑 펑 하며
아들의 십자수를 땄다

이번 봄에는 내 덕에
하늘에 꽃이 제법 필 게다 생각하였다

탈피

나도 언젠가는 배낭을 벗을 것이다
이 무겁고 지겹고 무심한 배낭을
나도 언젠가는 내 몸에서 기어이
떼어내고 말 것이다

마치 게가 자라며 자기 껍질을 내던지듯
나의 배낭도 나의 작고 가냘픈 등딱지에서
툭 벗어던져질 것이다

등 뒤에 내 삶의 무게를 올려놓은 것은 분명
나 혼자뿐만은 아니리라
분명 자기의 배낭을 벗어던지지 못하고
제 껍질에 눌려 바스라진
그런 게들, 아니 사람들도 있으리라

나의 삶은 아직 두텁기만 하다
나는 나의 껍질을 언제 벗을지 모르지만
분명 그것이 나의 마지막 방패이리라는 사실

언젠가 나의 여린 속살로

밀물과 썰물을 맞으며

알을 낳고 먹이를 구하고

사랑하고 지키고

누군가의 껍질을 씌워줄 일

그것 하나만으로 살아가기에 충분하다

때로는 앞으로 나아가기 어렵고

때로는 파도에 휩쓸려도

나는 원래 옆으로 걷기 위해 태어났다는 것

누군가와 함께 있기 위해 존재한다는 것

그렇게 나의 껍데기는 나에게 말한다

3장

사랑에 관한 생각

가로등

가.로등 불빛은 풋사랑이다

지.근한 밤길거리에 기척도 없이 슬며시 다가와
말.없이 나의 걸음을 비춘다

라.이터 불꽃처럼 뜨겁지도 않았고
고.맙다고
말.하긴 너무 소소했던
하.늘 달처럼 나를 천천히 데우던 가로등 빛은
긴. 밤 끝 새벽녘에 야위다

어.리석게도나는가로등의따사로운빛을가
려.운듯이긁어떨쳐버리고말았던것이었다

울.기만 하던 가로등이 깜박이며 꺼질 때에야
걸.어가던 나는 그 존재를 깨닫고

고백

좋아해
아니야
해야만

돼

귀향

나하루종일아무생각도할수없다

하루종일그사람생각아니할수없다

단어하나에매달려추락하길기다린다

그렇게작은한마디에내눈과귀를잃었다

시위떠난솜덩이화살이이성을때려눕혔다

스쳐지나가는화찻간표지와단말마를보고서

내우주는도로역행해한사람으로수축한다

그사람외에어느누구도존재하지않는다

그사람이이내내모든것이이제되었다

버려진마차가뒤켠에화약을지핀다

바보가나는되어정녕버리었다지

나는

나는

사랑

하고

있다

사람, 사랑

사람이란 단어에는 모난 받침이 하나 있다.
이 투박한 마음을 둥글게 깎아
사람에게 받치면 사랑이다.

사랑한다는 말은 이렇게
각진 나를 다듬어 내 것 아닌 발에 괴겠다는 말이다,
멈춰 선 사람의 찌그러진 바큇살을 펴겠다는 말이다,
어디에 있든지 같은 중력으로 당기겠다는 말이다,
사람 아닌 사랑이라는
다른 이름으로 불리겠다는 말이다.

그러므로 사랑하며
이 둥글고 작은 행성 위에서
사, 라, 가는 것이다.

나침

당신이 자주 앓는 까닭은
뾰족한 내 마음이 쉬일 곳 당신뿐인 때문입니다
내 새빨간 심장이 한껏 부풀어
어디에서든 당신을 시위에 얹습니다
아, 내 마음의 나침이 향하는 사람아
당신은 그 높은 작은곰자리 가운데
내 극(極)을 거머쥐고야 만 환함

사랑마중

사랑이 왔어요
십 리 밖 발자국 소리에
버선발로 맞던 갈라진 발등
이제 제 것입니다
부듬어 안아보고 싶던 사람
보기만 하여도 숨이 기쁜
내 삶을 떨게 하는 사람
사랑이 왔어요
나는 여러 달 휘모는 밤을 지새워
흠뻑 번지게 좋아하렵니다

문자

너 혹시 아니, 네게 문자가 오면 나 굳이 한참을 기다렸다가 확인
해보았던 일, 네게서 왔다는 이유만으로 한없이 설레던 일, 별것
아닌 말 황금처럼 아껴 꼭꼭 씹어 삼키려던 일, 같은 말 몇 번이
고 다시 되새김질하던 일, 애꿎은 알림 배지만 묵묵히 바라보던
일, 내 배지가 시선에 닳아 없어진 일을, 고작 단어 세 개에 사람
의 단단한 밤이 와르르 무너진다는 사실을, 네 단어들 하나하나
에 우주를 담으려던 바보 같은 무모함을, 확신을 너는 알았니

겨울나무

공연히 땅에 기대어 보는
눈 흐르는 산등성이 다님길
때늦은 가을은 넘치게 떨어진다
하늘로 하늘로 뿌리 뻗는 겨울나무야
백발 청청히 휘두를 때까지 사랑하자
아니 남기고 주던 청춘 아쉬워 않도록
성탄절 치장하며 느루 솟는 불빛들
가을 위에 겨울이 덮으면
포득이며 나는 사랑이
이른 봄 맞는 설레임으로 핀다
희끗이 자란 손톱으로 가만히
눈바닥 흩어보는 사람에게
뼈마디 앙상한 나무야
나는 나의 겨울을
지워지지 않는 발자국에 대고
사랑이라 하였다

자늑자늑 피던 새눈이라 불렀다

오늘 밤에는

오늘 밤에는 별이 땅에 떨어져요 당신의 부은 눈가에 뜻 모를 눈물이 땅에 튀어요 담아둔 시간 한 뼘 비록 내 것 아닐지라도 그대, 나 그대를 사랑함이니이다 만일 별 부스러기 쪼아먹던 까막새가 사랑 찾으려 푸득이면 내 마음 그 모이로 다 주어버렸습니다 수놓은 별들이 여느덧 보이지 않았더랬습니다, 다만 그대의 오래된 별빛이 아주 잠깐 반짝이기에 나는 좋아 밤으로 뛰어들 뿐입니다 다시 아파하기 시작할 따름입니다 오늘 밤에는 머리가 다분히 뜨겁기 시작했습니다

오늘 아침에는

오늘 아침에는 네 생각을 하다가 입술 위에서 따뜻한 피가 흘렀어 나는 분명 심장이 터져서 코피가 난 것이라고 생각했어, 익숙한 솜씨로 꿰매어보려는데 그만 실타래가 하나도 없더라는 거야 네가 다 가져가버렸던 거지, 벌어진 곳에서 하루 종일 찬밥 같은 덩어리가 계속 쏟아져 나왔어 이래도 행복할 수 있다면, 사랑이라고 넘겨짚었는데 디딘 곳에서 자꾸 네가 뭉실뭉실 피어올라 나를 찌르는 거야 그게 좋아서 나는 밤까지 따갑기로 했어 내 터진 심장에게 미안하다고 했었어, 코피가 요즘 자주 나나 봐

따갑다

저 눈 될 수 있다면

우리가 저 눈 될 수 있다면
저문 달 수놓는 밤에
진눈깨비 섞어 치는 떼구름 아래
가만히 떨리는 눈발 될 수 있다면
나 너를 안고 푹신한 눈밭에
가 드러누워보리라
아장아장 걷는 아기 눈사람
따뜻한 눈송이 골라 만들어
네 눈앞에 사르르 녹아보리라
부시는 눈 비비며
내 부르튼 마음
아주 네게 주어보리라

홀사랑

홀로 설레이고
홀로 나부끼고
홀로 사랑하였다

부르튼 나무 밑동처럼
심장이 헐어버리도록
하늘부터 땅까지 죽기로
관중 없는 곡예를 하였다
매달려 잡고 공중을 돌거나
휘파람 불며 춤을 추었다

아니 오는 사람 등에
소리 없이 부르짖었다

사랑합니다 사랑합니다 사랑합니다

심장이 터질 때까지
홀로 바람에 흔들었다

여우비

아무래도 오늘 저녁에는
마음이 툭 툭 떨어질 것 같다

화창한 날에 문득 생긴
저 희고 조그만 구름이
자꾸만 마음을 흩어댄다

떨어지는 마음이 아까워
저 따뜻한 빗소리를
하나씩 하나씩
나는 밤이 새도록 주워담을 것이다

관입암

냄비 뚜껑에 손가락 데이듯
그 사람이 인생에 흘러왔어
천천히 쌓인 것도 아닌 데다
요란한 화산 폭발도 아닌데
천년 동안 굳은 땅덩어리를
무심한 듯 뜨겁게 녹이며 와
내 일상에 문득 찾아와서는
깨질 때까지 놓아주질 않아
그래서 마음이 자꾸만 아파
가슴에 무언가 박힌 것처럼
하루 종일 깎여나가는 기분
녹아내려 물렁해지는 기분
대낮에 잠 못 이루는 기분
거듭 누가 생각나는 기분

코스모스

한 송이의 우주

사랑받지 않은 여름이 가을을 낳을 때

가을의 좁은 모퉁이에서 꽃은 조용히 핀다

교차점에서 흐드러지던

초록(抄錄)의 노래

간결히 꺾어서는 수줍게 끼워 말리던

낡은 종이 두 장 사이

샛노란 압화 한 장

그렇게 녹슬지 않는 두 명의 사람 사이

하나의 우주

수취인 불명

진정 나에게 오는 사랑입니까
혹은 뒷사람 대신 받는
무안한 인사의 쓴맛처럼
다른 이에게 보낸 사랑을 혼자 엿듣고는
또 하룻밤을 뒤척여야 하는 나입니까

무엇이 나의 몫이고 무엇이 아닌지
조금 더 말해주세요
당신 주는 마음을 온통
나의 이름으로 칠해도 좋으니
혹 당신의 소중한 마음이
받으려 내미는 손 없어
외로이 돌아갈까 나는 두렵습니다

만일 그대 손에 움큼 쥔 사랑
나의 것 아니라 하여도
그 갈 곳 찾은 것 보는 일만으로
나는 행복하였우다

기도

사랑하는 이를 만날 때에는,
깍지 끼어 잡은 손 따뜻하게 하십시오.
이름 부르다 소매 가득 적신 눈물
손가락 사이로 닦도록 하십시오.
밤새 고쳐 쓴 편지를 건네도록,
조용히 앉아 눈을 바라보도록 하십시오.
기쁨에 겨워 다정히 안아보도록,
넘치게 행복하도록,
마음 다 내어주고도 아쉬웁도록,
그리하여 계속 사랑하도록,
평생을 사랑하도록 하십시오.

사랑에 관한 생각

왜 사랑해야 하는지는 모르지만 때로는 사랑이 내게 의무를 지우고 불편을 안기고 회의를 느끼게 할지도 모르지만 나는 사랑한다 사랑하게 되었다 만약 사랑이 조건 없이 무엇을 주고 싶은 마음이라면 그것은 희생에 지나지 않을 것이다 만약 사랑이 조건 없이 용서하고 싶은 마음이라면 그것은 자비에 지나지 않을 것이다 만약 사랑이 함께 있고 싶은 마음이라면 그것은 동질감에 지나지 않을 것이다 사랑이란 이 모든 감정들의 복잡한 집합에 지나지 않는 것도 아니다 사랑은 사랑하는 사람으로 나를 가득 채우는 일일 테며 내 삶의 목적으로 삼는 일일 테며 온전히 따르는 것일 테다 사랑이란 감정에 나를 비추어 보면 어김없이 내 부족함을 느낄 것이고 사랑하는 사람에게 자신이 합당한 사람인지 질문하게 될 것이다 그러나 부족하기에 사랑할 수 있으며 부족하기에 사랑받을 수 있다 사랑은 부족한 나에게 이유를 부여하는 일이자 도로 사랑받게 하는 일이다 내가 원하는 사람을 그저 사랑할 수 없는 것은 곧 사랑이 유리한 조건을 택하는 과정이 아닌 까닭이다 사랑은 그저 주어지며 그저 내게로 오며 그저 그렇게 되는 것이다 사랑하게 되는 것이다 그러므로 사랑의 이유를 찾는 것은 어렵다 그 사람의 좋은 점으로 사랑하는 것이 아니며 그 사람의 조건으로 인품으로 사랑하지 않는다 이유 있는 모든 일은 헛되니 온전하지 못한 내가 가치롭다고 여기는 일이기 때문이다 이유 없는 사랑에서야 비로소 이유를 찾는다 나의 이유를 다른 한 사람에게서 찾는다 사랑은 실로 어디서 오고 어디로 가는지 가늠할 수 없다 올 때에 이유 없이 오므로 갈 때에 이유 없이 가고 예고 없이 오므로 예고 없이 떠난다 이 다정치 못한 사랑을 우리가 계속하여 놓지 못하는 이유는 아마도 우리가 온전하지 못한 까닭일 것이다 온전하지 못하기에 사랑하며 사랑하기에 온전한 것이다 그러므로 사랑하자 온전치 못한 내가 온전치 못한 하나를 사랑하면 그 사랑이 나를 온전케 하는 것이다 그러면 돌부리에 걸려 넘어지거나 수족이 부서지거나 싀어디거나 하여도 나는 온전한 사람일 게다 사랑하므로 온전한 것일 게다

『삼파장 형광등 아래서』추천사

_김승일 시인

한 고등학생에게서 시를 발견했다

그가 시인인 것이 반가웠다. 다시 말하면 그가 시인이라는 것을 스스로 고백하고 있어서 사랑스러웠다. 『대리사회』를 쓴 김민섭 작가의 눈으로 발견된 노정석 작가의 시 이야기다. 나는 노정석 작가의 책 『삼파장 형광등 아래서』를 읽으면서 학생시절로 돌아가는 꿈을 꾸었다. 내가 그 시절 감당하지 못했던 감수성을 문장과 행간 속에서 한 줄 한 줄 비로소 다시 만나는 추억의 꿈이었다. 지금의 '나'로서가 아니라, 열여덟 살 나의 모습으로 되돌아가서 무엇을 쓰고 있는 듯한 착각을 불러일으킬 만큼 그의 시가 나는 좋았다. 에세이, 시, 일기로 이루어진 그의 책의 한가운데 보석처럼 박힌 시들이 사랑스럽다. 거기에는 우리가 간직하고 있었던 문학소년·소녀의 꿈을 대신 이루어줄 어떤 순정한 힘이 있다고 믿어졌다.

나는 궁금했다. 그가 어떻게 입시 위주의 교육 속에서 이렇듯 자기 내면화의 시간을 잘 간직해두었을까. 그의 시에는 빛나는 고백들이 많다. 곱씹어 읽고 싶은 좋은 시들이 많다. 잘 간직해둔 진정성은 자신을 감동시키고, 결국 다른 사람들까지 감동시킨다. 『삼파장 형광등 아래서』는 신호탄 같은 책이 아닐까. 이처럼 학생들이 저마다의 생각과 느낌을 자유롭게 글과 시로 표현할 수 있다면 그들의 일상에서 어떤 일이 벌어질까? 내 머릿속에 번갯불이 지나갔다.

우리를 인간으로 만나게 할, 진짜 문학의 언어

"문학을 배우는 목적은, 생각하는 힘을 기르고 인간으로서 갖출 기본적인 사유 능력을 기르기 위한 것이지, 전문 학자들이 특정 시를 분석한 내용을 외우는 능력을 평가하기 위한 것이 아니다."

"만약 문학을 평가하려 든다면, 어느 누가 문학을 창작하려 하겠는가. 자신의 시가 만천하에 공개되어 옳은지 그른지 심사받아야 한다면, 아무도 시를 짓거나 글을 쓰려 하지 않을 것이다. 문학이 없는 사회는 죽은 사회다."

"학생들에게 문학을 '가르치기' 전에, 먼저 즐기게 해야 한다"

"문학을 창작하는 데 가장 필요한 것은 창의성과 깊은 성찰이다. 이런 것들을 완전히 배제한 현재의 교육에서 문학의 이론적인 내용을 숙지한다고 해서 시를 쓸 수 있을까. (…) 학생들이 시를 쓰려고 하지 않을뿐더러 싫어하는 지금 상황을, 심각하게 받아들여야 한다."

_「학생들이 시를 쓰지 않는다」 中에서

"온종일 닭장 같은 학교 건물과 독서실에서 종이 위에 써진 문제를 푸는 우리에게는 과연 무엇이 남을지 생각하며 괴로웠다."

"점점 증가하는 사회 속 혐오와 배척이 다른 사람에 대한 이해의 부족 때문이라는 사실을 돌이켜볼 때, 어느새 우리에게 당연해져버린 것들에 대해 한 번쯤은 질문을 던져야 하지 않을까"

_「신기루를 읽다 - 〈죽은 시인의 사회〉 독후평」 中에서

자빠지는 기린처럼
우리는 청춘을 보낸다

(…)

반환점이라는 것이 있다면 아마

기린들이 넘어지는

그 순간이 아닐까

앞에서 누군가 넘어지면

그걸 또 멍하니 쳐다보며 걷다가

나도 어딘가에 걸려버리는 것

_시「기린」中에서

　그의 글에서 드러난 학교사회의 여러 문제들(내신, 수행평가, 수능, 문학교육이 갖고 있는 문제점 등)은 끈질긴 의문과 적극적인 질문 속에서 작가적인 태도로 발견한 것들이지만, 다른 한편에서 그는 섬세한 시인으로서 여러 가지 일상의 감정들(학창시절의 격정과 외로움, 사랑과 사색, 본능과 의지 등)을 자신만의 독특한 시적 감각으로 드러내기도 한다. 사람들을 이해하고 그들과 소통하기 위해서는 정직하게 생각하고 진솔하게 느끼며, 진중한 태도로 거듭 질문해야 한다는 진리, 그것을 절대로 무시하지 않았다는 점에서 작가이자 시인으로서의 그의 노력이 귀하게 느껴진다.

　단단한 시의 언어로 그는 끊임없이 질문한다. '나'와 '학교(세계)'와 '타인'을 향해서 진심을 건넨다. 그가 말하고 싶은 것은 사랑일 것이다. 그러므로 그에게서 학생이었던 윤동주 시인을 발견하기도 했다. 그의 내면에서 길어올린 시적인 것들을 동시대의 학생들이 함께 읽기를 바란다. 그리고 더 많은 분들에게 천천히, 오래오래 읽히는 작품이 되었으면 좋겠다. 더불어 이 작품들 이후에 그가 어떤 것들을 써나갈지도 무척 궁금하고 기대가 된다. '학교'의 울타리를 넘어서 그의 걸음이 가닿게 될 '세계'는 과연 어떤 모습일까? 그의 시와 글에는 자꾸 그것을 궁금하게 하는 진솔한 목소리가 있다. 나는 다시 열여덟 살이 된 것처럼 가슴이 콩닥콩닥 뛴다.

　그의 책을 읽는 내내, 시를 쓰는 한 학생과 모닥불 앞에 앉아 따뜻한 대화를 하고 있는 느낌이 들었다. 그의 세심한 대화법에는 인간에 대한 애정과 예의가 담겨 있다. 이는 글쓰기와 시 쓰기를 통해서 지켜온 개인적인 성찰이 뒷받침 되었기에 가능했던 것이 아닐까. 인간을 더 깊이 이해하고, 주체적인 한 인간으로서 살아가는 학생들이 더 많이 출현하기를 바라는 마음을 담아, 좋은 시 한 편을 소개하고 싶다. 나는 최근에 이토록 주체적인 사랑에 대해서 말한 시를 본 적이 없었다. 나는 이 시의 전체를 읽고, 감동이 찾아와, 그만 눈을 감고 말았다.

사람이란 단어에는 모난 받침이 하나 있다.

이 투박한 마음을 둥글게 깎아

사람에게 받치면 사랑이다.

_시「사람, 사랑」中에서

김승일 시인

- 시집 『프로메테우스』
- 낭송시집 『어른들은 좋은 말만 하는 선한 악마예요』

학교폭력근절을 위해서 여러 학교에서 강의를 하고 있고, 그 경험을 바탕으로 「김승일 시인의 학교詩끌」이란 칼럼을 쓰고 있다. 시 쓰기와 스포큰워드를 통해서 학교구성원들에게 문학의 언어가 무엇인지 알려주는 것이 꿈이다.

세 번째 파장
:일기
(2019.01.01~2019.06.28)

20190101

안녕, 19년? 오늘은 신정이다. 이제 고3이고, 열아홉이다. 2018년은 정말 행복했다. 19년에는 19년의 행복이 있겠지. L과 통화하며 새해를 맞았다. 사랑하는 나의 L. 다음 주에는 토플 시험이 있고, 방학이다. 집에 있기로 했다. 토플 공부 때문이 크다. 월화목금이 수업이다. L을 생각하면 유학이 망설여지기도 하지만, 준비는 해야 할 테다. 요즘 기타가 다시 치고 싶어져서 혼자 오래 쳐보는 중이다. 오른 손가락에 물집이 생기려는 것 같다. 가야금 배우던 때가 생각나서 뿌듯하긴 하지만, 아프다. 지금 책상 위 스피커에서 나오는 음악은 안중재와 정성하 콜라보의 〈Friend〉. 흥한다. 모티프가 차지다.

L은 편지 쓰는 걸 좋아한다고 했다. 자주 편지를 써야겠다. 나 그런 거 잘 못하는데 어떡하지. 내 생각 빼고는 새해에 하고 싶은 일이 없다고 한다. 나에 대한 것 말고 하나를 골라달라고 했더니 일기장을 다 채우는 거란다. 그래서 일기를 써보기로 했다. 약속인데 감히 포기는 못하겠지. 하루 스크린 쳐다보는 두 시간 반 중에 30분만 투자하자. 글쓰기 연습도 할 겸. 아, 참! 새해 목표는 내 이름으로 책 하나 만들기. 별표 세 개 준다. L에게도 이야기했다. 많이, 사랑한다. 길게 쓰지 않더라도, 꾸준히 써보자. 추억이

될 수 있게.

L: 이번 겨울은 너야. J: 나는 가을도.

포춘쿠키 동아리 발표대회 인문학술 부문 1위. 작년 소식

운동, 교정기, 양치, 밥.

20190103

아침에 늦게 일어났다. 아, 생각해보니 운동을 건너뛰었다. 어떻하지. 시간이 없다기보다 시간을 낭비하는 것 같다. 유튜브 망해라. 책은 열심히 읽었다(물론 공부 대신). 조던 피터슨의 《12가지 인생의 법칙》, 룽잉타이와 안드레아의 《사랑하는 안드레아》 독서 중. 후자는 책이 참 좋다. 대만인 어머니와 독일인 아들이 주고받은 편지 묶음이다. 나라란 무엇인지, 개인과 사회의 관계와 세대 차이 같은 문제를 생각하게 한다.

피터슨의 책을 읽다가 장기 기증 이야기가 나와서 생각이 났는데, '멀쩡한 사람 하나를 살해하고 그 장기를 위급한 환자 6명에게 주어 모두 살릴 수 있다면' 과연 윤리적으로 올바른 일일까? 얼핏 보면 미친 짓이지만, 슬픔의 양으로 따진다면 6명의 죽음이 더 슬프지 않을까. 트롤리 문제와 닮은 구석이 있는 듯하다. 그런데 트롤리 문제에서는, 수가 적은 쪽을 희생시킬 때 적극적인 행동(무거운 사람을 치이게 해 트롤리를 멈추는 일 등)이 요구될수록 피실험자가 선택을 망설이고, 더 많은 사람이 죽더라도 방치하는 편을 더 많이 택한다고 한다. 위의 문제도 마찬가지다. 멀쩡한 사람을 살해하는 일에는 윤리적 책임감을 느끼기 때문에, 대다수의 사람은 위 주장에 동의하지 않는다. 만약 모든 윤리 문제가 '최대 다수의 최대 행복'으로 결정되었다면, 환자를 위해 성한 사람이 버젓이 희생당하는 일이 생길 것이다. 개인을 위하는 윤리적 부담감이 사회를 지탱하는 셈이다.

L이 학원에서 폰을 걷는다고 했다. 과연 교육적으로 유익한 일인지 생각해봐야겠다.(애초에 학원은 교육학적 이상을 추구하지 않지만…) 사심이 담긴 건… 맞다.

날씨 맑지만 건조함. 피부가 허옇게 뜬다. 인간은 겨울에 가장 많이 늙는 것 같다. 손에 주름이 늘었다.

20190110

학원 가려고 독서실에서 나오는 길에 지하철 계단을 거꾸로 내려가는 사람을 봤다. 장애가 있는 분인가 생각했지만, 어떤 장애가 계단을 뒤로 내려가게 만들 수 있을까. 갑자기 토플 지문에서 본 다다이즘이 떠올랐다. 이분은 사실 걷는 행동이 굳이 앞으로만 진행되어야 하는지 같은 대단히 철학적인 질문에 답하고 계신 것이 아닐까… 하는 생각이 들었다. 토플 지문을 읽으면서 단순히 반달리즘, 반예술주의쯤으로 배웠던 다다이즘이 예술의 범위를 확장하는 데 기여한 사상임을 알았다. 다다이즘에 관한 글을 읽어보면, 다다이스트의 예술은 그 이전까지의 예술에 견주어 절박하고 곤핍하다는 생각이 든다. 이론에 부족함이 있다는 뜻이 아니라, 정말 '예술적인 예술'이라는 느낌이다. 정신 표현만을 위한 예술. 어렵다. 아마 계단을 뒤로 내려가는 이유를 이해하기 어려운 것과 마찬가지겠지. 날씨 비교적 덜 추웠음.

L이 편지를 써줌. 캡처!

20190111

영어에 찌든 하루다. 리스닝을 풀다가 지쳤다. 그래도 이제 어느 정도 토플에 익숙해지는 것 같다. 확실하지는 않지만 어느 단계에 다다른 느낌이다. N 선생님의 물리 공부 그래프에 나오는 계단처럼. 정독실에 앉아 있으니까 종일 잠이 온다. 집에 있을 때보다 더 심한 것 같다. 어제 늦게 잔 것도 아닌데…. 아마도 독서실은 환기가 잘 안 되는 것 같다.

공부하면서 생각해봤는데, L을 사랑하는 감정, 그러니까 부모의 사랑 같은 감정이 한결같이 무한하다고 생각했는데, 사실 그렇지 않다. K도 그렇게 이야기했다. 형제 사이에도 받는 사랑의 정도가 다른 것 같다고. 특히 아동 학대는 사랑은커녕 증오가 생길 때 일어날 테니, 부모라고 해서 무한하고 무조건적인 사랑을 주는 것은 아니다. 나는 내 아이에게 실망하지 않을 수 있을까? 기대가 없다면 실망하지 않을 수 있겠지만, 과연 기대에서 자유로울 수 있을까? 지금은 확신하더라도, 부모가 되어보면 아무런 기대도 하지 않는 것은 결국 방치라는 사실을 체득할지 모른다. 어렵다. 부모는, 부모이기 때문에 부모일 것이다.

20190114

아침부터 숙제 하느라 정신이 없었다. 저녁에 이모 집에 왔다. 사촌 동생들이 점점 자라서 예전처럼 말을 안 듣거나 하는 상황은 이제 없다. 뭔가 애 키우는 느낌을 조금은 알 것 같기도 하고. 이모랑 저녁에 얘기를 많이 했다. 철든다는 게 부모님의 사랑을 이해하는 것 같다고 했더니, 같은 맥락에서 '다른 사람이 눈에 보이는 것'이라고 하신다. 둘 다, 자기 삶에 사랑하는 사람이 있게 된다는 점에서는 같은 듯했다. 인생의 목적이 행복하기 위한 것이라면 결국 사랑을 아는 것이 첫 번째 단추일 것이다. 그런 점에서 이미 사랑이 내게 온 것은 큰 행운이라고 생각한다. 사랑은 하는 게 아니라 온다는 사실, L을 통해 알았다. 내 노력이 아니라 그저 주어지는 것이기에 더욱 감사할 수 있다.

날씨는 조금씩 풀리고 있다. L이 피곤해서 전화는 못 했다. 덜 피곤하면 좋을 텐데.

20190116

좁은 평면에 시간을 던지는 이

작은 마음에서 꼬옥 뭉친 심장을

길다란 파원에 던지는 이

던진 돌에는 죄 없는 붕어 대가리가 맞는 것이냐

아니면 내가 수면에 튀는 물방울인 것이냐

호수가 메워질 때까지 던져가고 있자

자갈이 늪을 떠받칠 때까지

내 몸이 호수보다 크지 아니하면

어와 이 일 모두 허사로다 둥둥

덩 기덕 쿵 더러러러 쿵 기덕 쿵덕

비 오는 밤에 불 피우는 이

백 리 걸음 발자국

불꽃에 던지는 이

이리 타는 것 나그네 헐은 소매인가

저리 사르는 것 여보오 내 청춘인가

이 불 내 마음 다 삼킬 때까지

가지 줄기 거르지 말고 다 사르자

내 몸이 저 솔보다 크지 아니하면

어와 이 일 모두 허사로다 둥둥

덩 기덕 쿵 더러러러 쿵 기덕 쿵덕

20190117

이제까지 쓴 일기가 아까워서라도 그만두지는 못할 것 같다. 아침부터 졸면서 앉아 있었다. 독서실 등록하고 처음으로 관리자분께 깨워졌다. 조금 민망했다. 전혀 모르는 사람이 깨우면 잠이 더 확 깬다. 좋은 건지는 잘 모르겠다. 오늘도 이모집에 왔다. 어머니 출장. 사촌 동생들도 자주 보니까 더 보고 싶어지는 심리. 역시 사람은 자주 봐야 정이 든다. 그런 의미에서 L 보고 싶다.

저녁에 길게 통화했다. 못하는 게 뭐냐고 물어서 자신 있게 수학이라고 답했다. 못하는 걸 공부 이외에 생각해낸다는 건 어렵다. 어느 정도가 못하는 건지 모호하니까. L도 그런 건 비교할 수 있는 건 아니라고 했다. 거꾸로, 공부가 우리에게 무언가 못한다는 인식을 주는 건 아닌가 생각했다. 사실 무언가를 잘하지 못하는 것은 자연스럽고 당연한데, 평균과 등급이 생기면서 무엇이 '부족'한지 알리고, 부끄럽게 생각하는 문화가 되어버렸다. 모순적이다. 누구나 부족한 면이 있을 텐데, 그러면 모두가 부끄러워해야 한다는 말인가. 있는 그대로를 인정하고 장점은 더 키우는 것이 좋지 않을까. 인간은 서로 도울 때 강해지는 것이지, 완벽한 인간은 있지도 않고 될 수도 없다.

날씨는 조금 더 추워짐, L이 주말에 친구들과 영화 보러 간다고 했다. 조금 아쉽지만, 내일 밤은 일찍 재워야 한다. 영화는 다음에 같이 보자.

20190119

적어도

스스로에게
부끄럽지 않은
사람이 되자.

20190122

토플 스피킹 두 번째 시간인데 탈탈 털렸다. 영어로 대화만 잘 하면 듣기도 문제없겠다는 생각은 큰 오산이었다. 전혀 다를뿐 더러 긴장감 때문에 안 하던 실수도 곧잘 한다. 단어 생각 안 나는 게 가장 빈번한데, 가장 치명적이다. 개인적으로 연습해야 할 것 같다. 학원 가는 길에 감기약을 사려고 했는데 잊어버렸다. 양쪽 코가 다 막혔다. 윽. L이 오늘 어땠냐고 물었는데 답할 말이 없었다. 특징 없는 하루를 산다는 게 얼마나 슬픈 일인지 다시금 느낀다.

예전에 유튜브에서 길거리 꽃장사를 하는 영상을 봤는데, 거기서 꽃 파는 사람이 "특별한 하루를 사세요"라는 말을 했다. 꽃값으로 꽃을 사는 게 아니라, 길에서 꽃을 사는 경험을 사는 것이다. 무언가 기억할 수 있는 이야기를 사는 것, 매일을 다르게 사는 게 중요하다. 종일 스크린만 쳐다보는 일과는 특별하지 않다. 종일 공부를 하는 것도 마찬가지. 매일이 새로워야 내일을 향한 기대가 생기고, 더 나은 내일을 위해 '노력'하게 된다. 다시 말해, 좋은 내일을 위해서는 좋은 오늘이 필요하다. 삶은 버티고 견디는 것이 아니라 쌓고 만드는 것이다. 내일은 방 청소를 하자.

날씨는 맑음. L에게 이름 많이 불러줄 것. L이 보내준 노래, 새 소년의 〈난춘〉.

"내가 그대의 작은 심장에 귀 기울일 때에, 입을 꼭 맞추어 내 숨을 가져가도 돼요."

20190128

　일찍 잤는데도 아침저녁 피곤했다. 역시 학교라는 곳은 멀쩡한 사람을 잠들게 한다. L과 몇 번 봤는데, 얼굴이라도 보는 게 어디야. 사귀기 전에는 막연히 학교 어딘가에 콕 박혀서 둘이 이야기하는 장면을 상상했는데, 쉽지만은 않을 것 같다. 방법을 찾아보자. 방학 동안 거의 진도를 못 나갔던《기출의 미래》진도를 광속으로 나갔다. 집중은 잘되지만, 그만큼 빨리 지친다. 장단점이 있다.

　《죄와 벌》을 계속 읽고 있다. 도스토옙스키의 글은 인물 하나마다 깊은 철학을 지녔다는 점이 매력이다. 주인공부터 시작해 잠깐 등장하는 사소한 인물 하나까지 고유의 품위와 사상이 고스란히 드러난다. 인상 깊은 것은 러시아 문화 특유의 부칭과 존칭이 인물 간의 친밀도를 묘사하는 데 크게 기여한다는 점. 라주미힌이 드미트리라는 호칭으로 불리면, 그 고유한 인격은 유지되면서 상대와의 거리에 품위와 격식이 생긴다.

　G가 옆에 있으니 바둑이 자꾸 당기던데. 적절히 자제하자. 반 분위기도 많이 달라졌다. 겨울방학이 철들게 한다는 말이 맞다. 날씨는 후드에 춥고 패딩에 더움. 겨울이 길다.

20190201

종업식 날이었다. 생각보다 추웠다. 동아리 콘서트 수상 때문에 학교 방송에 나왔다. 입학하고 처음인 것 같은데. 조끼만 입고 덜덜 떨면서 나왔다. 그래도 L 얼굴을 봤다. L은 교과 우수상. 과목을 부를 때 끝이 없던데. 이 결과로도 자주 불안해하는 모습 보면 걱정이 많이 된다. 스스로에게 너무 가혹한 건 아닌지.

G의 생일이다. 점심을 같이 먹었다. 선물로 책 사줘도 되느냐고 물었는데 바로 컷 당했다. 좋은 책 많은데…. 하긴 이제 읽을 시간도 별로 없겠지. 진짜 마지막이라고 다짐하고 피시방을 방문. L이 가자고 할 때는 예외지만, 그건 힘들 테니 사실상 마지막이다. 이래놓고 모의평가날 갈 것 같지만…. 일단은 그렇다.

반을 배정받았는데, 아쉽게 L 옆 반이 안 됐다. 그래도 같은 복도인 게 어디야. K 선생님 반이다. 혹시나가 역시나. 오프닝 멘트로 정시반을 선언하셨다. 답이 없나…. 전과목 수능특강 사기. 체크.

20190203

    일기가 많이 밀렸다. 모아뒀다가 써도 잘 쓸 수 있을 것 같지만, 아니다. 일기는 그날 쓴다. 명심. 늦게 일어나서 외할아버지 요양원에 다녀왔다. 사촌 동생들 또 만났는데, 아무래도 애들이랑 놀아주는 데는 소질이 있는 것 같다. 곧 설이므로 내일 수원으로 출발. 아마 차로 갈 거다. 원 없이 자겠네. L이 오늘 기분이 좋은가 보다. 느낌표 쓰는 아침부터 알아봤다. 오늘이 41일째인데 가장 기분 좋아 보이는 날이다. 사랑스럽다. 느낌표는 신기한 구석이 있다. 안 쓰던 사람이 쓰면 귀여워 보이는 효과가 있다. 발랄한 느낌을 준다. 사랑해, L.

    유튜브에서 응팔 영상을 돌려보다 응사로 넘어왔다. 그 와중에 딱 내 이야기 하는 노래를 찾았다. 김예림 버전 〈행복한 나를〉. 그리고 오늘 L의 선곡, 슈가볼의 〈사랑의 밤〉. 작사나 한번 해볼까.

    요즘 그림 그리는 영상을 찾아보다가 얻은 게 많다. 결국 잘 그리려면 많이 그려야 한다. "한 문단을 쓰려면 책 한 권을 읽으라"는 말처럼, 그림 솜씨는 연습량에 비례하겠지. 그리고, 그림은 시처럼 표현에 허용되는 범위가 아스트랄하다. 그러니 일단 그려

보자. 그럼 능력만 생기는 건 아니겠지.

  날씨, 비 온 뒤 L.

20190210

너 이번 주 내내 일기 안 썼거든. 내일부터 공부하기로 했으니 한 장에 글씨 하나씩 쓴 만행은 용서한다. 내일 이후로 일기 거르면 L에 대한 반항으로 간주한다. 단디해라. (부릅)

설이 지났다. 조금씩 날이 풀린다. 입춘이 지나서 그런가. 보충 수업 때문에 기숙사에 들어와있다. L을 너무 오래 못 봤다. 이번 주는 에그를 두고 와서 톡도 못 한다. 금요일에 교보 갔다 왔는데 이것저것 사느라고 팔 빠질 뻔했다. 12만 원어치 책이랑 노트 좀 사고…. 국어 수능특강 두 개는 품절되어서 못 샀다. 오늘 저녁에 사서 기숙사로 들어오려고 했는데, 집에 피아노 조율사 분이 와서 다섯 시간에 걸친 대수술을 하시는 바람에 못 샀다. 피아노 소리는 확실히 좋아졌는데, 문제는 이제 칠 시간이 없다는 것. 내일부터 공부한다. 이번 주 토플도 쳐야 하는데 정신 바짝 차리고. 교보에 원서 코너가 새로 생겨서 책 몇 권 사왔다. 《Sapiens》와 《Word power made easy》(앞으로 WPME라고 하겠다.) 가져와서 보는 중. WPME는 읽고 있으면 어원 때문에 머리 아프면서도 엄청난 수의 단어를 외운다. 역시 단어는 어원으로? 열두 시다. L과 통화하고 자야겠다. 날씨 추움.

20190211

첫 보충수업 날인데, 생각만큼 피곤하지 않았다. 쌓아둔 잠이 아직 거덜나지는 않았나 보다. 70분 수업인데 나름 집중이 더 잘 된다. 학기 중에도 이렇게 수업하면 좋을 것 같은데. 수학이 많이 부족하다. 2월 내로 개념을 끝내자. 자습시간을 전부 쓰면 하루 최대 7시간 공부할 수 있다. 저녁 자유시간 한 시간은 빼고. 한 시간은 필요하다. 이렇게 일기 쓰는 데도 필요하고, 영혼이 메마르지 않게 책 읽는 데도 필요하다.

《Sapiens》 재밌다. 단어를 다 알 수 있으면 더 재미가 있겠다. WPME에서 배운 dexterous, 잘 써먹었다. 작년에 읽던 한글판 《사피엔스》보다는 확실히 더 부드럽게 읽힌다. 단어 많이 늘었네. 학교 왔는데도, L 볼 기회가 잘 없다. 그나마 교무실 갈 때 잠깐 나와서 보는 정도. 토플 스피킹은 여전히 어렵지만, 이제 해볼 만하다. 계속 영어책만 읽으니 뭔가 강의 듣는 듯이 음성 지원도 되기 시작했다. WPME 완전 혜자스러움. 이건 무조건 원서로 읽어야 한다. 읽지 않고 집에 꽂혀 있는 번역본은 G나 주자. 교보문고 만세.

왠지 내일부터 본격적으로 줄 것 같은데. 좋은 공기 많이 마시자. L 전화 되는지 물어봐야겠다. 알 요금제라고 해서 문자 보내기도 미안하다.

20190215

금요일. 음. 금요일은 으레 공부가 되지 않는다. 3학년이 되고 나서 금요일 밤에 기숙사에 잔류하는데, 보충 과목이 지구과학 이라는 치명적인 시간표 때문에 야자 때도 공부가 안 된다. 또 저녁만 되면 꼭 어디가 조금은 아파서(플라시보인 것 같다) 기숙사에 일찍 들어가는데, L에게 미안할 때가 많다. 나 없는 학교는 의미가 없다는데, 너무 좋잖아 그거. 그 말 들으려고 자꾸 몸이 아픈지도 모르겠다. 금요일, 차라리 이런 분위기 그대로 화요일과 수요일 사이에 끼워 넣었으면 좋겠다. 내일 토플 시험이다. 잘 치자. 아, 그리고 '~텐데'는 '텐데' 앞에서 띄어쓰기를 해야 한다. 뜬금없지만.

20190221

이번 주 저번 주 일기를 소홀히 했다. 어떤 습관을 완전히 들이려면 22일을 꾸준히 하면 된다던데, 나는 그런 연구 결과는 가볍게 무시하는 귀차니즘의 소유자. 16일 일기는 가관이다. 두 줄 쓰고 휴게실에서 떠들다가 자러 갔다. L이 보면 뭐라고 할까. 16일 쓰던 거 마저 쓴다. 그날 토플을 봤는데, 간단히 정리하자면 무난하지만 스피킹을 망쳤다. 예상 점수는 80점 언저리. 처음 치는 거라 긴장하고 들어갔다. 시험 치는 와중에 주변에서 공사하는 소리도 들리고. 만족스럽지는 않았다. 결과와 별개로, 토플을 치니 붕 뜨는 느낌이 든다. 더 이상 입시제도에 소속되지 않은 사람 같다.

지난주 이번 주 한 번씩 L, K와 2학년 때 가던 아동 센터로 봉사를 다녀왔다. 이번엔 어린 친구들이었는데, 착하고, 가르치는 보람이 있다. 시간은 짧지만. 실제로 선생님이 되어서 뭔가 가르쳐본 건 이번이 처음이니까. 원장님도 남학생이 있으니 분위기도 산다고 해주신다. 원래 남학생은 잘 받지 않는다는데, 운이 좋은가 보다.

18일 학원 가는 참에 L이 너무 힘들다고 해서 잠깐 안아주려고 만났는데, 입술과 입술의 첫 접촉이 있었다. 적당한 말이 생각나지 않는다. 2월 18일이 비트윈 기념일에 추가됐다. 브런치 작업 제안 메일로 소식이 왔는데, 저번에 신청한 브런치북 프로젝트 당선 후보작이 됐다고 한다. 교무실에서 봤는데 소리지를 뻔했다. 18명을 선정하는데, 대상은 아닐 수도 있지만 브랜드 협업상이라도 어디야. 기대도 하지 않은 채 잊어버리고 있었는데 뜻밖에 되어서 더 기쁘다. 날씨는 L 오피셜 인용. '날씨는 좋은데 미세먼지. 으윽.'

20190222

   정시. 정시란? 얼마나 매력적이길래 다들 정시라는 길을 택할까. 아니면 택할 수밖에 없는 걸까. 12년 동안 공부한 학생들에게 하루 만에 모든 것이 결정되는 시험만 남겨진 것은 누구 탓일까. 자기의 모든 노력을 1년에 단 하루뿐인 그날에 걸어야 하는 아이들은 무슨 생각을 할까. 평균은 평균이 아닌 나라다. 전체 인구의 80퍼센트는 19살에 이미 인서울 실패라는, 자존감에 타격을 입고서 인생을 시작하는 셈이 아닐까. 사람이 너무 많은 탓일까. 작년 이맘때 잠깐 5등급에 관한 글을 쓰려고 했는데 잊어버렸다. 한번 써볼까.

의식의 흐름

수능특강 – 노란색 – 금광 – 옥토버 스카이 – 로켓 – 고체연료 – 역추진 – 아폴로 – 달 – 외합 – 삭 – 일식 – 천문학 – 점성술 – 타로카드 – 헬로우봇 – 텀블벅 – 크라우드 펀딩 – 스타트업 – 기업 – 연대보증 – 금리 – 은행 – 채권 – 신용 – 자본주의 – 공산주의 – 마르크스 – 스탈린 – 스탈린그라드 – 2차 세계대전 – 폭격기 – B2 – 미국 – 핵무기 – 상호확증파괴 – 냉전 – 러시아 – 낫 – 농업 – 파종 – 봄 – 꽃 – 암술 – 종자 – 유전 – 돌연변이 – X맨 – 영화 – 어벤저스 – 세계관 – 게임 – 블리자드 – 오버워치 – 트레이서 – 섬광탄 – 남과 북 – 파워무비 – 유튜브 – 티키틱 – 성적표 – 모의고사 – 등급 – 평균 – 소득 – 소득주도성장 – 뉴딜정책 – 대공황 – 서브프라임모기지 – 부동산 – 가정 – 핵가족 – 어머니 – 모성애 – 일본 – 제국주의 – 식민지 – 청교도 – 차별 – 불균형 – 물리 – 자유낙하 – 뉴턴 – 사과 – 애플 – 아이폰 – 어플 – 시장 – 경제 – 보이지 않는 손 – 섭리 – 신 – 철학 – 시간강사 – 자살 – 다윈상 – 진화 – 포켓몬 – 닌텐도 – 구구단 – 수 – 아라비아 – 중동 – 이스라엘 – 성경 – 코란 – 이슬람 – 히잡 – 프랑스 –

의식의 흐름 찾기

① 연필을 잡고 아무 단어나 떠올린다.

② 관련된 단어를 떠올린다.

③ ②를 반복한다.

④ 처음 떠올린 단어가 나오면 그만둔다.

⑤ 내가 얼마나 복잡한 사람인지 이해한다.

20190507

일기를 참 오래도 안 썼다. 거의 두 달 만인가. 그래도 작심 60일 정도는 했다. 한번 미루기 시작하면 끝도 없이 미룬다는 걸 새삼 깨닫는다. 며칠 전에 L이 집에 찾아와서 일기장을 처음 보여줬는데, 너무 안 썼다. 다시 시작하는 걸로. 그사이에 일이 많았는데 공백은 천천히 메워보기로 한다.

5월 중순에 브런치 관련 약속을 잡았다. 본래 4월로 예정되었는데 내신 기간이라 밀렸다. 이번 달에는 글을 많이 써보자. 나를 닮은 글인지 항상 생각하면서 쓸 것. 최근에 글이 잘 안 써진다는 느낌을 받는다. 시도 마찬가지. 내 기대치가 높아진 탓일까, 아니면 필력이 떨어지는 중일까. 전자이기를 바란다. 적어도 내가 노력하면 해결할 수 있는 일이니까.

종일 창가에 앉아서 L 생각만 하고 싶다. 점심시간에 그래봤는데 너무 좋았다. 날씨는 갑자기 여름. 2주 전만 해도 겨울 날씨였는데. 갑자기 따뜻해진 탓인지 감기가 왔다.

20190508

　우리 학교에서 위스콘신대 설명회를 했다. 1학년 때는 설명을 받는 처지였는데, 이제는 설명을 해주고 있다. 기분이 묘하다. 학생들이 꽤 많이 왔다. 현실 도피인 친구들도 있겠지만, 한 명이라도 같이 준비하게 되면 좋겠다. 앤 마리의 〈2002〉 너무 좋다. 요즘 공부가 너무 안 된다. 미적분2도 이제 내신에 쓸 일이 없다. 수행평가 이후에는 원고 작업과 ACT 준비하기도 바쁠 것 같다. 뭘 써야 할까. 빼놓을 수 없는 이야기 같은 거 없나.

　아, 오늘 설명회 도중 '방치된 학생들'이라는 구절에서 생각이 멈췄다. 부모님들은 오로지 경쟁력 있게 기르는 데만 관심을 쏟고, 선생님들은 평가에 무게를 둔다는 말. 정말 방치된 것 같다는 생각이 들었다. 하루 다섯 시간씩 우르르 같은 방에 몰아넣고 혼자 공부하게 하는 일. 그러면 적어도 다섯 시간은 학생 각자에게 완전히 고독한 시간이 아닌가. 통신기술이 이렇게 발전한 시대에 의도적으로 격리하는 문화는 뭐라고 대변해야 할까. 더 좋은 대학에 가기 위해? 가로 세로 1미터씩도 안 되는 책상 위에 다섯 시간씩이나 시야를 방치하는 건 정말 가혹하다.

코피가 난다. 쉬어야 할까. L은 무슨 생각을 하고 있을까. '미세미세'에 따르면 미세먼지 상당히 나쁨.

20190510

금요일에는 이상하게 일기 쓰는 걸 깜빡한다. 왜지? 자꾸 밀려 쓰려니 잘 기억이 나지 않는다. 지우개를 사러 매점에 갔는데 뭘 사야 하는지 기억나지 않아서 다시 돌아왔다. 알츠하이머가 오려나⋯. 갑자기 초등학교 때 바이올린 잃어버린 일 생각나네. 아마 내가 살면서 잃어버린 것들 중 가장 비쌀 텐데. 책을 안 읽어서 기억력이 떨어지는 건가⋯. 책 좀 봐야 하는데, 너무 바쁘다. 정말 청소년 알츠하이머면 어떡하지.《1리터의 눈물》에 보면 아야가 쓴 일기 중에 코피가 자주 나기 시작했다는 내용이 있는데. 이렇게 기억력에 관해서 쓴 글들이 내게도 복선이 된다면. 저자 이름을 기억하다니. 키토 아야. 이름이 소설, 아니 일기 내용과 맞아서 외워진 것 같다. 아야. 생각해보니 그 책, 이모집에서 초등학교 때 빌려온 건데 아직까지 내 책장에 '꽂혀' 있다.('꽂혀'다. 원래 안 틀렸는데, 왜 이러지.)

20190514

    화요일. 불의 날, 금성, 아레스. 교보 원서 코너에서 사온 버트런드 러셀의《서양철학사》읽는 중. 모든 것이 물로 이루어져 있다는 탈레스의 생각은 어쩌면 불조차도 물의 압축이라고 하는 논리였을지 모른다. 서양에 처음 등장한 기본 원소들은 물, 불, 땅, 공기. 동양의 4원소와 크게 다르지 않다. 아마도 가장 원초적이고 대체할 수 없는 것들로 인식되었겠지. 공기의 존재를 어떻게 알았는지 갑자기 궁금증이 생긴다. 물속의 기포, 호흡할 때 느껴지는 감각, 구름이 뜰 무언가가 있어야 하니까? 생각보다 알아채기 쉬웠겠다. 바람도 있네. 'Milesian school' 장에 보면 이 네 가지 속성이 고유의 영역을 유지한다고 소개된다. 불이 점령했던 곳에는 재, 즉 땅의 속성이 남는 식으로 네 영역의 균형이 맞춰진다고 한다. 얼마나 조화로운 세계관인가. 주기율표에는 원소의 영역 따위는 존재하지 않는다. 그냥 원소가 '있을' 뿐이다. 철학과 과학의 차이겠지.

20190517

내일 서울에 가야 해서 기숙사를 나왔다. 기숙사라는 공간은 아주 미묘해서, 들어갈 때는 아주 싫은데 나올 때가 되면 나오기 싫어진다. 학교와 집 사이에서 어떤 곳이 더 익숙한지, 몸이 원하는 곳이 달라지나 보다. 가려는 곳 반대로 끌리는 마음. 패러데이 법칙의 마이너스 항을 달고 산다. 나처럼 사는 곳이 불분명한 상태로 3년을 보내면 어느 곳에서든 소속감이 조금씩은 열어질 것 같다. 거주지는 동구, 기숙사는 서구, 학원은 수성구. 생활 반경이 유목민 뺨친다.

20190521

야자 시간에 최인훈의 《광장》을 읽었다. 책을 읽지 않으니 정신이 썩는 느낌이 들어 어쩔 수가 없었다. 광장. 나의 광장은 어디일까. 책의 서문이 마음에 들었다. 우리가 사는 법을 모르고 인생을 시작하듯이 글 쓰는 일도 마찬가지라고 한다. 쓰다 보면 이명준이 걸려 다시는 떠오르지 못한 바위도 발견할 테고, 어쩌면 더 깊은 곳으로 가는 길을 찾을 수도 있을 테다. 글 쓰고자 하는 사람을 위한 인상 깊은 문장이다. 내 정신에 방부제를 보충한 것 같다. 눈에 삶이 다시 돌아왔다. 책 자주 읽자. 입에 가시가 돋칠 수도 있겠지만 그것보다 정신이 썩는 문제가 더 크다. 현실이 어두우면 계속해서 다른 세계를 탐험해야 한다. 그러지 않으면 내 영혼도 어두워진다. 영혼이라는 단어를 쓰고 싶었다.

날씨 아직도 쌀쌀함. L과 나흘 만에 안았다. 길었다. 너무.

"중립국."

20190524

'optimum'은 불안정한 상태다. 최적의 상태라는 말은 그 상황을 성립시키는 조건이 단 한 가지라는 뜻이며, 마치 마찰 없는 곡면의 꼭대기에서 정지한 구의 상태와도 같다. 미묘한 차이라도 최적의 상태에 위협을 가할 수 있다. 극단의 경우에 종종 나타나는 이 상태는 질문을 던지고 28명의 학생 중 단 한 사람의 답변이라도 간절히 기다리는 N 선생님의 떨리는 손가락에도 또한 적용된다. 우리 모두 완벽하게 효율적인 상태를 유지할 수는 없으며, 그렇기에 침묵을 깨는 조심스러운 답변이나, 소란스러운 교실을 한순간 잠잠하게 하는 고함 소리도 있다. 최적을 깨는 망치는 최적의 조건 안에 이미 있다.

20190527

　처음으로 시간을 재면서 ACT를 풀고 있다. 결과는 예상한 대로. 영어와 수학 영역만 풀고 머리 아파서 쉬는 중인데 영어는 망했다. 오답 15개. 평소 오답률의 두 배! 대단하군. 시간이 부족하지는 않은데, 아무래도 마음이 급하다 보니 대충 푸는 것 같다. 어느새 다 읽는 건 포기하고 발췌독하는 나를 볼 수 있다. 속독할 것. 나는 할 수 있다. 수학은 14분이나 남는다. 에휴. 교지 원고를 써야 하는데 중지 뼈마디가 뽑힐 것 같다…. 이제 키보드 쓰는 일 하자. 수고했어, 손가락.

　오늘도 L은 안아주지 않을 것 같다. 바쁜 사람. 그래도 사랑해.

　날씨는 비가 오고 습하고 짜증 나기 쉽지만 나는 해탈하겠다.

20190528

어제 일기 쓰고 나서 L이 안아줬다. 왠지 적어야 할 것 같아서. ACT 리딩 영역 푸는데 정답률을 떠나서 다 풀지도 못하게 생겼다. 위기감에 남은 자습시간은 영어 텍스트를 조금 읽는다. 《워싱턴포스트》 기사 보는데 미국 테네시주 선거 이야기가 나왔다. 민간단체가 흑인 유권자들 투표를 도우려고 '투표자 신청' 절차를 도와줬는데, 접수된 신청서 중에 유효하지 않은 것이 많아서 행정 처리가 밀리는 바람에 다른 사람들이 신청 절차에 차질을 겪었고, 일정 수 이상의 유효하지 않은 투표자 신청서를 제출한 민간단체에 벌금을 부여하는 법이 만들어졌다는 내용이다. 애초에 투표자 신청을 해서 통과되어야만 투표를 할 수 있다니. 신분증만 들고 가면 되는 한국과 완전 다르다. 한국이었으면 국가에서 직접 도와주는 제도를 만들라는 요구가 생기거나 투표자 신청 제도를 없애라고 했을 텐데. 기사에 달린 댓글 읽는 것도 재미가 있다. 건설적인 내용도 많고, 어휘나 뉘앙스 배우기도 수월하다. 자주 읽어봐야겠다.

내일 5월 사설 모의고사를 친다. 다 쓰고 L 안으러 가야지. 모의고사 전날이라 오래 있으면 방해 된다. 적당히 있다가 오자.

날씨: 굉장히 크고 이상한 구름이 낮 동안 계속 떠다녔다. 우주선 같은 모양.

으악, 눈 아파. 글씨도 아파 보인다….

20190531

    일기 쓰기는 참 어려운 동시에 보람찬 일이다. 이제껏 '보람찬' 일을 한 적이 몇 번 없을 텐데. 보람 있는 일이란 대개 남을 돕거나 입시와 동떨어진 것이어서 부모님이나 선생님들 기준에서는 '음… 굳이?'와 비슷한 평을 받는다. 특히 고등학교 때는 더더욱. 자연스럽게 멀리하게 된다.

    일기의 좋은 점들: 나를 알고 싶을 때 이만한 방법이 없다.
                  내가 놓인 상황에 객관적일 수 있다.
                  반성이 빠르다.
                  재미가 있다.(물론 읽을 때 한정)

    일기를 쓴 지 거의 여섯 달 남짓 되어가는데 중간에 여러 날 빼먹었지만 빈 곳을 다시 채워가는 재미도 있다. 내가 L을 참 많이 사랑하는구나, 새삼 알게 되기도 하고.

    L이 참 안고 싶다.

20190601

    내 나이 열아홉에 깨달은 점이 있는데, 영혼이라는 건 존재한다는 것. 책을 읽지 않으면 썩는 게 느껴진다. 아픈 충치처럼. 영혼이란 치아 같은 것? 인가? 흠.

20190610

오늘 야자부터는 수학을 하기로 다짐했는데, 시간을 잠자고 책 읽는 데 다 썼다.

생텍쥐페리의 《야간비행》, 《사람들의 땅》이 자서전과 에세이의 결합이라면 이번에는 좀 더 짜임새 있는 단편소설 느낌이다. 잘 읽었다. "내 손을 보기 위해서라도 불을 켜야만 했소"라는 대사와 붉은 인화지에 드러난 두 손의 모습. 생각할 것을 만들어주었다.

나는 파비앵이고 싶다. 폭풍 속으로 가라앉는, 비행 불능 상태의 비행기를 모는 파비앵. 아내가 있는, 파비앵. 비행할 수 없는 비행기는 비행기라고 부를 수 있을까? 비행이라는 숭고한 목적을 떼어낸 비행기는 5톤의 쇳덩어리일 것이다.

강철, 자이로스코프와 나침반, 평면 속으로 코를 박고 움직이지 않는 나침, 자기장, tanL 같은 단어를 생각한다.

숭고한 의미를 지니고 싶다.
"무풍."

20190612

왜 이 어린 나이의 학생들에게 증오와 혐오의 감정이 이렇게 묻어나는 것일까. 왜 아직도 친구의 부모를 낮잡아 부르고 농담거리로 삼는 것일까. 사회에서라면 배척당했을 이런 일들이 왜 학교에서는 자연스레 덮이고 또 횡행하는 것일까. 아니면 성인이 되어서도 이런 환경이 당연할까?

무엇이 상식이고 인간의 조건일까? 인간답지 않은 학교는, 나라는, 교육에 관심이 있기나 할까? 입시나 성공이나 권력이나 기대가 아닌, 진짜 '교육', 가르치고 기르는 일에. 수동적인 사람을 만들려고 한다면 소름 돋게 성공적일 테다. 그러나 무엇을 위해서?

ACT 점수가 나왔다. 기대보다 조금 낮지만 그래도 만족하자. 리딩을 너무 못 쳤다. 아쉽다. 요즘 L 자리에 가서 이유 없이 서성이고 싶은데 어떡하지? 지금까지 잘 참았는데.

맑다[막따].

20190628

J : 아무거나 적어줘⋯⋯.

L : 짜파게티 먹고 싶어 끓여줘

짜파게티 만드는 법

① 신선한(봉지가 훼손되지 않은) 짜파게티를 준비한다.

② 물 550ml를 끓인다. (가스레인지보다는 커피 포트가 깔끔하다.)

③ 면과 후레이크를 넣고 4분 30초간 더 끓인다. (후레이크 먼저)

④ 냄비를 들어 젓가락을 이용해 국물을 조금 남기고 덜어낸다.

⑤ 풍미유와 가루 소스를 넣고 비벼 먹는다.

⑥ J의 사랑과 정성을 느낀다.

2018년 마지막날에

지난주에 이모 댁에 갔더니 사촌 동생들이 내게 물었다.

"오빠는 크리스마스가 좋아, 크리스마스이브가 좋아?"

무슨 뜻이었을까, 어떻게 대답해야 할까 고민하는데, 옆에서 더 어린 동생이 이렇게 말했다.

"나는 함박눈이 내리는 날이 좋아."

우문현답이라는 생각이 들었다. 나는 무엇을 고민하고 있었던 걸까. 결국 두 선택지는 모두 설레는 날이었을 텐데. 눈이 온다면 더욱 좋을 뿐일 텐데. 나도 동생 편을 들어주었다.

상대성 이론이 별것 아니라는 생각이 든다. 비록 이과이지만, 지나간 1년을 해석하는 일은 문과 감성의 몫이다. 가까이서 보면 길지만, 지나가면 짧다. 1년이 너무 짧았다. 분명 자율동아리에 대해 써보겠다고 마음먹었는데, 결국 한 편도 쓰지 못했다. 생각을 정리할 시간이 필요했던 것 같다. 그만큼 엄청난 일이었으니까.

이번 겨울은 길었다. 그만큼 추웠고, 대신 행복했다. 만약 먼 훗날 내가 내 삶의 어느 한 시기로 다시 돌아갈 수 있다면, 그래도 나는 지금으로 돌아올 테다. 이럴 수 있는 기회는 흔하지 않다.

작은 일에 감사하게 되었고, 많이 감사할 수 있어서 행복했다. 슬럼프란 별게 아니라는 걸 알았다. 내 우울함에 더욱 우울해지는 순환에 빠지면, 그게 슬럼프다. 우울은 우울함에서 비롯된다. 그리고 아무도, 내 우울함을 대신 짊어질 수 없다. 우울함은 내가 만들어낸 거니까. 그러니 우울하지 말자. 기쁨은 나눌 수 있지만, 우울은 곱해진다. 그것도 내게만.

교보문고에 들러서 책을 많이 샀다. 시험이 끝나니 책을 살 시간이 생긴 게 가장 좋다. 문학동네시인선 시집 두 권과 《모든 순간이 너였다》, 《사람들의 땅》. 이번 겨울의 일용할 양식들. 책은 도구가 아니라 목적이다. 무언가를 위해 책을 읽는 게 아니라 책을 읽기 위해 무언가를 한다. 책은 사람을 만드니까. 따뜻한 이불 속에서 책장 넘기는 맛, 아무나 아는 건 아니다.

사촌 동생의 질문에 뭐라고 답할지 한참을 망설인 이유는, 기쁨 자체와 기쁨을 기다리는 설렘 중 무엇이 더 좋은지를 두고 고민했기 때문이다. 그렇지만, 크리스마스가 설레는 까닭은 없다. 단지 크리스마스이기 때문에, 내 주변이 환해지기 때문에, 왜인지는 몰라도 다들 들떠 있기 때문이다. 사람이 행복하기 위해서는 대단한 조건이 필요한 것이 아니다. 서로 조금씩만 따뜻해지면 된다. 연말에는 다들 따뜻해지기 때문에, 기대로 다시 부풀기 때문에, 다시 사람을 마중하기 때문에 설렌다. 나는 함박눈이 내리는 날이 좋다.

삼파장 형광등 아래서

나의 고등학교에 가장 감사한 일이 있다면, 1학년들에게 매주 월요일 아침마다 천 자 분량의 에세이를 원고지에 적어 제출하게 하던 수행평가다. 매주 써지지 않는 글과 낯선 주제, 단어들과 씨름하면서 천 자를 겨우 채워내던 나는 언제부턴가 주어진 원고지가 부족해 쓰기를 중단해야 할 만큼 그 일에 빠져들었다. 그 수행평가가 계속 내내 글을 쓰게 한 원동력이 되었고, 1학년 여름부터 시를, 2학년 여름부터 산문을, 3학년 봄부터 일기를 쓰기 시작했다.

독서실의 칸막이 자리와 서랍, 그리고 삼파장 형광등 아래에서 나는 글을 썼다. 일부 학생들에게만 제공되던 개인 형광등은 나로 하여금 이유 없는 자부심을 갖게 했는데, 일종의 특권 같은 것으로 여겨졌기 때문이다. 그러나 매일 그 등을 사용하는 많은 학생들이, 정작 삼파장 형광등이라는 그 낯선 이름이 무슨 의미인지는 잘 알지 못했다. 나는 정체조차 모르는 빛으로 내 책을 매일 비춰가며, 치기 어린 자부심으로 공부했던 것이다.

형광등의 불빛은 입시제도가 나에게 불어넣었던 허영이기도 했지만, 내 2년의 기록들이 연달아 만들어지던 매일의 네 시간 동안 나의 작은 공간을 비춰 온 존재이기도 했다. 어리석음과 깨달음, 연민과 분노, 슬픔과 기쁨의 하루들이, 그 독서실의 먼지 쌓인 작은 형광등 아래에서 모두 종이 위로 옮겨갔다. 그래서 내게 삼파장 형광등이란 나를 유년의 안락함에서 끄집어낸 대한민국의 입시제도이자, 매년 수백 명의 모교가 되는 나의 학교이며, 2년 동안의 나 스스로이기도 하다.

설득을 위한 글이 아닌, 한 학생의 기록들로서 이 글들이 읽히길 원한다. 때로는 감정적이고 날 선 단어가, 때로는 지나치게 관조적인 단어가 등장하더라도, 어느 학생에게도 일어날 수 있는 자연스러운 감정들로 이해되기를 바란다. 고등학생의 지치고 비좁은 시간들이 공감과 이해의 시선으로 새롭게 조명되기를 바란다. 우리는 모두 학생이 될 것이고, 학생이며, 학생이었다.

미래의 나에게 잊지 않게 남기려 쓰던 2년 동안의 기록은, 이제 서점의 서가에 꽂힐 한 권의 책이 된다. 예상하지 못한 기회로 작가 활동과 출판의 기회를 마련해준 카카오브런치와 정미소 출판사의 김민섭 작가님, 놀라움과 대견함으로 항상 응원해주신 부모님, 좋은 말씀으로 글쓰기에 많은 영감을 주신 N 선생님, 열정과 호기심으로 교육을 논하던 동아리 〈포춘쿠키〉, 그리고 L에게 특별한 감사의 마음을 전한다.

2019년 여름, 한 학생이

정미소는 개인의 고백을 응원합니다.
"태어나려는 자는 하나의 세계를 깨뜨려야 한다."

삼파장 형광등 아래서
고등학생 A의 기록들

1판 1쇄 2019년 9월 1일
1판 2쇄 2019년 10월 19일

지은이   노정석
펴낸이   김민섭
펴낸곳   도서출판 정미소

출판등록   2018.11.6. 제2018-000297호
주소   서울시 마포구 월드컵로30가길 27 4층 (03970)
이메일   3091201lin@gmail.com

ⓒ노정석, 2019

ISBN 979-11-967694-0-6   03810

이 도서의 국립중앙도서관 출판예정도서목록(CIP)은 서지정보유통지원시스템 홈페이지(http://
seoji.nl.go.kr)와 국가자료종합목록시스템(http://www.nl.go.kr/kolisnet)에서 이용하실 수 있습
니다. (CIP제어번호 : CIP2019032843)